新編・風と共に去りぬ　レット・バトラー ①

ドナルド・マッケイグ 著　池田真紀子 監訳

ゴマ文庫

誠実な友　ポール・H・アンダーソンに

何よりもまず、心を込めて互いを愛しなさい。
愛は多くの罪を覆うからです。

――「ペテロの手紙」一第四章第八節

南北戦争当時のアメリカ南部

登場人物

レット・バトラー　本作品主人公
ラングストン・バトラー　レットの父
エリザベス・バトラー　レットの母
ローズマリー・バトラー　レットの妹。のちにジョン・ヘインズと結婚
ジュリアン・バトラー　レットの弟
アイザイア・ワットリング　農園監督。ラングストンの下で働く
サラ・ワットリング　アイザイアの妻
シャド・ワットリング　アイザイアの息子
ベル・ワットリング　アイザイアの娘。シャドの妹
チュニス・ボノー　解放奴隷の船乗り
キャスカート・パーヤー　寄宿舎の主人
エドガー・パーヤー　キャスカートの息子
ジョン・ヘインズ　寄宿舎でのレットの同僚
アンドリュー・ラヴァネル　寄宿舎でのレットの同僚
ヘンリー・カーショー　寄宿舎でのレットの同僚
ジャック・ラヴァネル　稲作農園主。アンドリューの父
コンスタンス・フィッシャー　エリザベスの友人
シャーロット　コンスタンスの孫娘。のちにアンドリューと結婚
ジェイミー　シャーロットの兄
ジョン・ウィルクス　アトランタの地主
アシュレー・ウィルクス　ジョン・ウィルクスの息子
メラニー・ハミルトン　アシュレーの恋人
スカーレット・オハラ　大農園主オハラ家の長女
ジェラルド・オハラ　スカーレットの父
スエレン・オハラ　スカーレットの妹
フランク・ケネディ　スエレンの恋人

目次

第1部　南北戦争前

第1部

南北戦争前

第1章　決闘

南北戦争勃発まで十二年、日の出まで一時間。サウスカロライナ州東部ローカントリーを一台の馬車がひた走っていた。アシュレー川沿いの街道は漆黒の闇に沈んでいる。その闇を、馬車の側灯だけがほのかに照らしていた。開け放たれた窓から霧が渦を巻いて流れこみ、車中のふたりの頬や手の甲をうっすらと湿らせた。

「レット・バトラー。この救いようのない頑固者めが」ジョン・ヘインズはそうつぶやいて座席に身を沈めた。

「何とでも好きに言ってくれ」レットは頭上の小窓を開けて御者に尋ねた。「おい、まだ着かないのか。紳士諸君を待たせたくないんだがね」

「もう本道に入りましたですよ、レット様」ヘラクレスはレットの父親が所有する競走馬の調教師で、ブロートン農園の奴隷のなかではもっとも高い地位にある。今朝のことを聞きつけたヘラクレスは、御者を志願して譲らなかった。

レットはあらかじめこう警告していた。「俺を送り届けたなどと知れてみろ、親父の雷が落ちるぞ」

それでもヘラクレスは聞き入れなかった。「レット様、あたしは坊ちゃまがこんなちっちゃな子どもだったころから知ってるですよ。初めて坊ちゃまを馬に乗せたのもこのヘラクレスじゃなかったですかね？　さあ、坊ちゃまとヘインズ様の馬を後ろにつなぎなさい。あたしがおふたりをお送りしますから」

ジョン・ヘインズの頬は子どもみたいにぽっちゃり丸みを帯びているが、対照的に、顎の線は並外れた意志の強さをうかがわせる。いま、ジョンの口はむっつりと真一文字に結ばれている。

「この辺の沼地はいいな。正直なところ稲田の農場主になりたいなんて一度も考えたこともないんだ。親父が米の品種やら黒人の扱いかたやらについて長々と講釈を垂れ始めると、俺はそんな話はそっちのけでひたすらこの川のことを考えてる」レットは目を輝かせ、友人のほうに身を乗り出した。「霧のなか、櫂《かい》を操って気の向くままに沼を行くんだ。いつだったか、朝、ふだんはカワウソの通り道になってる場所をアカウミガメが滑り下りてて驚いたこともある。ただ滑ってるんじゃない、滑って遊んでたんだぞ。なあ、ジョン、きみはアカウミガメが笑った顔を見たことがあるか？

眠ってるヘビウを起こさずにやり過ごそうと何度挑戦しただろうな。しかし、ヘビウは警戒心が強くてね、こっちの気配を察したとたん、翼の下に隠してた、まさにヘビみたいな首をひょいと伸ばすんだ。たったいままで眠ってたとは思えないくらいお目々ぱっちりでね。で、次の瞬間には」――指をぱちんと鳴らす――「水に飛びこんで消えてる。そうそう、用心深いと言えば、クイナもいい勝負だな。陸の張り出したところを舟が回ったとたん、数百羽がいっせいに空へ飛び立つんだ。こんな霧のなかを飛ぶんだぜ、想像できるか？」

「きみの想像力はたくましすぎると思うね」ジョンはそう答えた。

「いや、きみこそ慎重すぎるんじゃないのか。そうやって気力体力を温存してるのは、いったいどんなごたいそうな目的のためなんだ?」

湿ったハンカチでこすったせいで、ジョンの眼鏡はかえって曇ってしまった。

「いつかきっと、きみが心配してくれることをありがたく思える日も来るだろう」

「おっと、悪かったよ。ジョン。そう怒るなって。ところで、火薬は湿ってたりしないだろうな」

ジョンは膝に載せた艶やかなマホガニーの箱に手をやった。「大丈夫、僕が自分できっちり蓋を閉めたからね」

「あ、ほら、聞こえるか。ヨタカの鳴き声だ」

速足で行く馬のひづめが地面を蹴る音、革の馬具がこすれる音、そして「行け! それ、もっと速く!」と馬を叱咤激励《しったげきれい》するヘラクレスの声。それに、なるほど、たしかにヨタカの三和音の歌声が聞こえた。ヨタカといえば――シャド・ワットリングとヨタカにまつわる逸話をどこかで聞かされなかったか。

「我ながらいい人生だったよ」レット・バトラーが言った。

いつだって崖っぷちを歩いてるみたいな人生じゃないか——そう指摘してやりたかったが、ジョンは黙っておいた。

「愉快な時間、気の合う仲間たち、愛しい妹ローズマリー……」

「ローズマリーのことを考えてやれよ。レット、きみがいなくなってみろ、あの子はどうなる？」

「その話はするな！」レットは真っ暗な窓に顔を向けた。「頼むよ。なあ、きみが俺だったらどうしてる？」

心のなかの勇敢なジョンはこう答えた——僕ならこんな羽目にはそもそも陥ってないさ。それは事実ではあったが、そのまま口に出す勇気はジョンにはなかった。

レットの黒く豊かな髪は、額から後ろにぴたりとなでつけられている。赤い絹のジャカード織りの裏地がついたフロックコート、座席の横に置かれたビーバー皮の帽子。レットはジョンが知る誰よりも生命に満ち、野生の獣のように自由だった。撃たれて死んだ瞬間、レット・バトラーはきっと空っぽになってしぼんでしまうに違いない。チャールストンの市場の柵にかけられて売られるヌマライオンの毛皮みたいに、皮一枚だけを残して。

「俺はとっくに一家の面汚しだ。いまさら何をしでかしたところで、これ以上悪くなりようがないさ」レットはそう言うと、ふいににやりとした。「それどころか、口さがないばあさんたちに格好の話題を遺してやれる」

「話題ならもうさんざん提供してやったろうに」

「まあな。ご立派な市民のみなさん方にはさんざん後ろ指をさされてきた。それにかけちゃ、チャールストンでこの俺の右に出るものはないだろう。俺は子どもたちの反面教師ってわけだな」レットは脅すような口調を大げさに真似て言った。「〝いいかい、そんな悪さばかりしてると、いまにあのレット・バトラーみたいになっちまうよ！〟」

「冗談はそのくらいにしてくれないか」ジョンは穏やかに言った。

「そう堅いこと言うなって……」

「率直に言わせてもらっていいか？」

レットは黒々とした眉を片方だけ吊り上げた。「だめだと答えたって、どうせ言うんだろうが」

「なあ、こんなことをする必要がいったいどこにある？　ヘラクレスに引き返すように言えよ――町へ出て、美味い朝食でも楽しもうじゃないか。シャド・ワットリングは紳士じゃない。決闘する価値などない男だ。チャールストンの紳士の誰にも介添人を引き受けてもらえなかったような男だぞ。しかたなく、たまたま観光に来てた間の悪い北部人《ヤンキー》に頼みこんだって聞いた」

「ベル・ワットリングの兄貴にも、決闘で名誉を回復する権利はあるさ」

「レット、考え直せ。シャドはきみの父上の農園監督の息子じゃないか。父上の使用人なんだぞ！」ジョン・ヘインズはそっけなく手を振った。「金で解決できるだろう……」そう言っておいて、困惑したように言葉を探した。「とても正気とは思えないよ……だって……たかがあんな女のために」

「ベル・ワットリングは、彼女を悪く言う連中の大部分よりまともな人間だよ。頼む、ジョン、俺の動機を非難しないでくれないか。名誉は守らなくてはならない。シャド・ワットリングは嘘で俺を侮辱した。だから俺は決闘を申しこんだ」

言いたいことは山ほどあるのに、どれひとつとしてうまく言葉に変換できない。

「レット、もしもウエストポイントのことがなければ……」

「放校処分になった件か？　ふん、あんなのは俺の一番新しくてもっとも華々しい不名誉というだけのことさ」レットは友人の腕に手を置いて力を込めた。「これまでの俺の不名誉とやらをいちいち数え上げなくちゃだめか？　不名誉に失敗……」うんざりしたように頭を振る。「不名誉の話にはもう飽き飽きだ。ジョン、介添人を務めるのに気が進まないならはっきり言ってくれ」

「何をいまさら！」ジョン・ヘインズは大声でわめいた。「ちくしょうめ！」

ジョン・ヘインズとレット・バトラーは、チャールストンのキャスカート・パーヤーの寄宿学校で知り合った。レットがウエストポイント陸軍士官学校に移るころには、ジョン・ヘインズはすでに父親が経営する海運会社で働き始めていた。やがてレットが放校になって町に舞い戻ってきてからは、ときどきレットを通りで見かけるようになった。しらふのときもあったが、たいがいは酩酊していた。生来の優美さの名残を感じさせつつも、酒のにおいを撒き散らしながらだらしなく歩くその姿を目にするたび、ジョンの心は痛んだ。

ジョンは生まれ落ちた瞬間からそれを身につけていたかのように、市民道徳を後生大事に守る典型的なアメリカ南部の良家出身の若者だった。聖ミカエル教会の教区委員を務め、史上最年少で聖セシリア協会の舞踏会の幹事を任されてもいた。レットの自由な精神をうらやましく思いはしても、彼やその仲間――〝ラヴァネル大佐ご一行〟――とつるんで夜な夜なチャールストンの娼館や賭博場、酒場をはしごして浮かれ騒ぐことは決してなかった。

だから、波止場にほど近いヘインズ&サン社にレットがふらりと現れ、決闘の介添人を引き受けてくれないかと頼まれたときは、心底驚いた。

「しかし、レット、ほかに仲間がいるだろう？　アンドリュー・ラヴァネルは？　ヘンリー・カーショーやエドガー・パーヤーは？」

「ちゃんとしらふで来そうなのはきみくらいだからな」

レットの大胆不敵な笑みに屈せずにいられる人間がどこにいる？　ジョンもや

はりあっさり屈した。

たしかにジョンは鈍い男だ。町をにぎわす興味深いスキャンダルがあったとしても、ようやく彼の耳に入るころには、チャールストン社交界の関心はすでに次の話題に移っている。賢人の名言を引用しようとすれば、たいがい言い間違える。母親世代が〝ジョン・ヘインズは理想的な結婚相手〟と評するのにひきかえ、若い娘たちは扇の陰で彼の噂話をしてくすくす笑っている。ただ、こと介添人については、過去に二度の経験があった。義務が玄関を訪ねてくれば、ジョン・ヘインズはかならず家にいてそのノックに応じるのだ。


ブロートン農園の土を盛って作った広い畷《なわて》は、アシュレー川と稲田を左右に隔てている。馬車は車体をかたむけながら本道をはずれると、内陸に向かった。

これほど心細い思いをするのは初めてだった。これから起きようとしていることと――醜悪で血なまぐさい行為は、彼が何をしようとどのみち決行されるだろう。名誉は守られなければならないからだ。馬たちを走らせているのはヘラクレスではない——手綱を握っているのは、〝名誉〟という名の痩せ衰えた手だ。膝の上のマホガニーの箱に収められているのは、四〇口径のハッポールト銃ではない。不名誉の種に唾を吐きかけてやろうと手ぐすね引いている〝名誉〟だ。ふと、ある歌が頭のなかで鳴り始めた——セシリア、そなたを愛することはできない。私が愛するのは名誉なのだから。なんと愚かしくて滑稽な歌だろう！　シャド・ワットリングは、ローカントリー一の射撃の名手だった。

馬車は薮に覆われた小道に入った。めったに使われていない道なのか、盛大に茂ったサルオガセモドキの蔓が馬車の屋根をかさこそと払った。ヘラクレスは低く垂れた枝をときおり持ち上げながらその下を通った。

そのとき、シャド・ワットリングとヨタカの話が記憶の底からふっと蘇って、ジョンはぎくりとした。

「ああ」レットが独り言のようにつぶやいた。「この匂い、わかるか？　沼の芳香さ。ガマやギンバイカ、ウラギク、それに沼が放つガスや泥。子どものころ、沼に小舟を出して、何日も家に帰らなかったことが何度もあった。レッド・インディアンみたいな暮らしを楽しんだ」思い出から現実に引き戻されると同時に、レットの顔から笑みが消えた。「最後の頼みがある。チュニス・ボノーは知ってるだろう」

「解放奴隷の船乗りだな?」

「もしあいつに会うことがあったら、昔、ボーフォートまで舟で行ったことを覚えているかと訊いてくれ。俺の魂のために祈りを捧げてくれと」

「黒人にそう言うのか」

「がきのころ、一緒に川で過ごした仲なんだ」

馬車のなかに淡い灰色の光が差し始めた。レットが窓から外をのぞいて言った。

「さあ、着いたぞ」

ジョンは懐中時計を確かめた。「あと二十分で陽が昇る」

決闘場に選ばれたのは、鬱蒼としたイトスギや苔むしたバージニアカシに囲まれた三エーカーの牧草地だった。霧のせいで全体は見渡せない。霧の壁の向こうから、牛を呼び集めるしゃがれた声が聞こえていた。「ほう、ほう!　こっちだぞう!」

レットは両手をこすり合わせながら馬車を降りた。「さて。ここが俺の運命の地というわけだ。子どものころは輝かしい未来が俺を待ち受けているものとばかり思っていたが、まさかこんなことになるとはな」

霧のなかで牛の群れが不満げに鳴いている。「牛を撃たないように気をつけるとしよう」レットはひとつ伸びをした。「親父の牛を死なせでもしたら、それこそ雷が落ちるだろうからな」

「レット……」

レットはジョンの肩に手を置いて言った。「今朝はきみが必要なんだよ、ジョン。きみならうまく後始末をしてくれるだろう。その健全で親切心にあふれた忠告は、どうか胸にしまっておいてくれ」

ジョンは忠告の言葉を呑みこんだ。シャド・ワットリングとヨタカの話など思い出さなければよかった。レットの父親ラングストン・バトラーがブロートンの屋敷を建ててそちらへ移ったのと入れ違いに、農園監督のアイザイア・ワットリングは、稲田や黒人居住区に近くて便利な旧バトラー邸に家族とともに引っ越した。バトラー一家がローカントリーに居を定めた当時はまだ苗木だったバージニアカシはいまや大樹に成長し、小さくつつましい家に影を落としている。

一羽のヨタカがそのカシの一本に巣を作り、ワットリング一家を歓迎するかのように、夕暮れ時から夜明けまで鳴き続けた。

ワットリング家の娘ベルは、ヨタカはメスを誘っているのだろうと思ったが、母親のサラは、あの鳥は嘆き悲しんでいるのよと言った。

一家が越してきてほどなく、一発の銃声が家を震わせて、ヨタカが妻を求めて鳴いているのか、あるいは嘆いているのかという問題はそのままうやむやになった。銃声に驚いたサラが息子シャドの部屋に駆けこむと、窓枠にシャドのピストルが置かれていて、銃口からまだ煙を立ち上らせていた。「これでもうあのくそったれ鳥に叩き起こされずにすむ」シャドは低い声で言った。

薄暗いなか、六十歩も離れた場所から、シャドは小さなヨタカの頭を銃で吹き飛ばしたのだ。

ジョンはレットに尋ねた。「例のヨタカの話、聞いたことがあるか?」

「あんなのはただのほら話さ」レットは長靴の底革でマッチを擦った。

「シャド・ワットリングは前にも人を殺してるんだぞ」

しゅうという音とともにマッチに火がつき、レットは葉巻にその火を移した。

「だが相手は黒人や、あいつと同じ貧しい階級の白人だ」

「おいおい、きみは良家の出だから、弾だって反れてくれるはずだとでも？」

「そうさ」レットは重々しい声で言った。「当然だろう！　良家の生まれだってことも、たまには何かの役に立ってもらわないとな！」

「誰か来ましたです」御者台からヘラクレスが声をかけた。

霧のなかから若い男が息を切らして飛び出してきた。フロックコートを腕にかけ、途中で転んだのか、ズボンの両膝を濡らしている。「牛どもめ、まったくいまいましい！」男は悪態をついた。そしてジャケットを反対の腕に持ち直すと、ジョン・ヘインズに握手の手を差し出したが、考え直して手を引っこめ、ぎこちなく頭を下げた。「マサチューセッツのアミティから参りましたトム・ジャフリーです。今日はどうぞよろしく」

「よろしく、トム」レットは笑顔を見せた。「どうやらきみのチャールストン訪問は忘れられない思い出になりそうだな」

ジャフリーはレットたちより二つ三つ年下と見えた。「アミティじゃ、こんなの誰も信じませんよ」

「血なまぐさい土産話になるぞ、トム。血なまぐさい土産話は南部の主要な輸出品なんだ。ところで、故郷《くに》に帰って友だちにこの話をするときは、どうか罪なほど美しく勇ましいレット・バトラーと形容してくれたまえ」レットは考えこむように額にしわを寄せた。「まあ、俺なら牛の部分は省いて話すがな」

「きみが介添えを務める男はもう来てるのか？」ジョンが年若いヤンキーに尋ねた。

ジャフリーは霧の厚い壁の向こうを指さした。「ミスター・ワットリングはもちろん、ドクター・ウォードとかいう医者も来てます。なんだか仲が悪そうですよ」

ジョンはジャフリーの腕を取り、レットに聞こえないところまで引っ張っていった。「きみ、介添えの経験は？」

「いえ、一度も。こんなこと、アミティじゃめったにありませんから。まあ、祖父の時代にはあったかもしれませんが、いまどき流行りませんよ。というわけで、僕は素人ってことになりますね。おばのペイシェンスが天国に召されて、僕もいくばくかの遺産に与りまして。それで、国中を旅してみようと思い立ったんです。自分にこう言い聞かせましたよ。おい、トム、こんな機会は二度と巡ってこないぞってね。そんなこんなで、こうしてチャールストンの港を見物に来たというわけです。失礼ながら、世に名高き我らがボストン港とどこもかしこもそっくりでした。おっと、そんな話はともかく、ミスター・ワットリングと知り合ったのも港ででした。いきなり近づいてきて、おまえは紳士かと訊かれましてね。そうあろうと心がけてはいますと答えました。介添人を頼まれたときには、こう思いましたよ。トム、おまえはこの国の隅々まで自分の目で見てみたくてはるばる来たんだろう、だったら見てやろうじゃないかって。アミティにいたら、こんなチャンスには絶対に恵まれっこありませんから」

シャド・ワットリングは、レットに対するあからさまな侮辱のつもりで決闘の介添人に見ず知らずのヤンキーを選んだのだ。だが、そのことは言わずにおいた。

「あなたは介添えの役割についてお詳しいんですか？」ジャフリーが尋ねる。

「物事が公正に執り行われるように気を配ること。それが役目だ」ジョンは若いヤンキーをしげしげとながめた。「だがもっとも重要な仕事は、和解の道を探ることだよ」自分はそれに失敗したのだ――ジョンは無力感に襲われた。

「ああ、しかし、ミスター・ワットリングは和解など頭にないようでしたよ。ミスター・バトラーの心臓を撃ち抜くのが待ち遠しいって何度も言ってたくらいですから。ふたりは長年の知り合いだとか」

「そろそろ明るくなる。決闘では日の出を合図とするのが慣わしだ」

「日の出ですね、わかりました」

「太陽が地平線から顔をのぞかせたら、それぞれピストルを選ぶ。決闘を申しこまれたほう、この場合はワットリングに先に選ぶ権利がある。さあ、弾をこめようか」

ジョンは馬車の泥よけにマホガニーの箱を置いて掛け金を外すと、一丁のピストルを取り出した。滑り止めが刻まれた華奢な握りは、まるで生き物のようだった。ミズヘビをつかんだような感触がする。「見ての通り、二丁ともまったく同じものだ。きみの監視のもと、僕が片方に火薬を詰める。次に、きみがもう一丁に火薬を詰める」

ジョンは火薬を注ぎ、次に鉛の弾を油を染みこませた布切れでくるんで押しこんだ。それから雷管をかぶせ、撃鉄を慎重に半分だけ起こして安静段にした。

「アミティじゃ、こんなの誰も信じませんよ」とジャフリーが言った。

空が明るさを増し、霧に切れ間ができ始めたころ、牧草地の向こうに二台の馬車が亡霊のごとく現れた。一頭立ての二輪馬車と、ラバが引く荷馬車だ。

レットは馬車の後ろにつないでいた自分の馬の縄を解くと、たくましい首に頬を寄せた。「怖くなんかないだろう、テカムセ。心配するな。おまえの身には何も起きないと約束する。なあ、ジョン。祖父の時代には、この牧草地でインドアイを栽培してた。森には池があって、オナガガモが卵を孵《かえ》す。ニオイネズミは若いオナガガモを好物にしててね、泳いでいるひなを池の底に引きずりこんだりする。ひなが騒ぐ暇もないくらいの早業さ。うちで水路の管理人をしてるウィルは、ちょうどこの辺に罠を仕掛けてニオイネズミを捕まえてた」

「レット、介添人ふたりでワットリングと話し合いをしてくる。どんな謝罪なら受け入れる？」

レットはかたくなな表情で目を閉じた。「シャド・ワットリングは、妹のおなかの子の父親は俺だと言った。俺はワットリングは嘘つきだと言った。あいつがあれは嘘だったと認めれば、決闘の申しこみを撤回してもいい」

「金を出す気はないか？　ベルがよそで赤ん坊を産むのに必要なだけの金を」

「ベルに金が必要なら出すさ。だが、これは金の問題じゃない」

「友人として言わせてくれないか、レット……」

「ジョン、なあ、ジョン……」レットはテカムセの首に頬をすり寄せた。「友人なら、さっさとけりをつけさせてくれないか」

シャドラック・ワットリングの荷馬車には壊れた車輪やら轂《ハブ》やら枠やらが山と積まれていた。「おはよう、ミスター・ジャフリー、ミスター・ヘインズ。バトラーを引っ張り出してきてくれたらしいじゃねえか」

「シャド……」

「今日はミスター・ワットリングと呼んでもらいてえな」

「ミスター・ワットリング、話し合いによる解決という道もあると思うのだがね」

「バトラーのやつにはうちの妹が世話になった。今度は俺がそいつの面倒を見てやる番だ」

「紳士同士としてつきあってたころ、レットはきみにきちんと敬意を払ってたろう」

シャドはペッと唾を吐いた。「俺は西部に行こうかと思ってんだ。ローカントリーにはうんざりしてるからな。ここじゃ、どっちを向いたって金持ちの白人と黒人しかいねえ。従兄弟たちがミズーリに住んでるんだ」

「どこに行くにしても金がいるだろう。妹さんのベルも連れていけば、醜い噂もじきに消えるさ」

シャドは鼻で笑った。「バトラーの野郎が金を出すと言ってるのか?」

「いや、これは僕からの提案だよ」

「とどのつまりは金ってわけか」シャドはまたしても唾を吐いた。

シャドラック・ワットリングは、髭は生やしていないが、がっちりした体格をしている。「いいや、今度ばかりはそうは問屋が卸さねえ。バトラーには恨みがあるんだよ。うちの親父にさんざん鞭で打たれたのに、ベルはバトラーに孕《はら》まされたとは白状しやがらねえ。だがな、うやむやにすますつもりはねえんだ。ああ、バトラーの体に弾をぶちこむのが待ちきれねえな。そいつは若旦那なんてたまじゃねえし、兵隊としても使いもんにならねえって話じゃねえか。小便ほどの価値もありゃしねえってことだな」

シャドは川をじろりと見た。「じき明るくなるな。今朝は壊れちまった車輪を四つ、修理に出さなきゃならねえんだが、修理工は朝が早いだろ、さっさと片をつけねえと。さてと、決闘を申しこまれたのはこっちだから、距離は俺が決めさせてもらうぜ。五十歩にしとくか。俺はその程度の距離じゃ狙いを外しゃしないが、バトラーには無理だろうからな。俺だって流れ弾に当たって怪我なんぞしたくねえし」シャドはちびた黄色い歯をむき出し、声を出さずに笑った。

ドクター・ウォードは、厚手の毛織物のコートの前をしっかりとかき合わせて、自分の馬車でいびきをかいていた。ジョンが長靴の先を軽くつつくと、フランリン・ウォードははっと目を覚ましてあくびをした。「おっと、時間かね……」

医師はコートの前を開けて馬車を降りると、ジョンに背を向けた。小便のにおいがして、ジョンは思わず鼻にしわを寄せた。医師はコートの裾で手を拭った。

ドクター・ウォードはレットに手を差し出した。「きみが本日の患者というわけだな！」

レットはにやりとした。「弾を取り出す道具はちゃんと持っていらっしゃいましたか、ドクター。探り針は？　包帯は？」

「なあ、お若いの、わしはフィラデルフィアの大学を出とるんだぞ」

「なるほど、フィラデルフィアの大学を出てらっしゃるんなら安心だ」

シャド・ワットリングは呆けたような笑みを浮かべ、太ももをぼりぼりと掻きながらその辺をうろうろしている。

「ミスター・バトラー」トム・ジャフリーが声をかけた。「なぜシャツを脱ぐんです?」

「ジョン、持っててくれないか。シャツを脱ぐのはだね、わが北部の友よ、弾と一緒に布切れが傷にめりこむと面倒だからだよ」

「ふん、裸になるのがただ好きなだけだろうが」シャドは自分より痩せたレットの体を見下したようにねめつけた。「俺はどうしてもってときしか服は脱がねえ主義だ」

「ふたりとも」ジョン・ヘインズが割って入った。「決闘とはじつに恐ろしい殺し合いの行為だ。だから改めて提案したい。ミスター・ワットリングは発言を撤回し、ミスター・バトラーは謝罪して和解金を支払う。それで互いの名誉を守ることはできないだろうか」

冷えびえとした空気にさらされ、レットの腕に鳥肌が立った。

「五十歩だ」とシャドが言った。「いいな。ところで、バトラー、おまえの黒人のだちだったウィル、覚えてるだろう？　みっともなく泣いて許しを求めたな。あんなふうに泣き叫んで許しを乞えば、今回は勘弁してやらねえでもないぜ」シャドはまた歯をむき出した。「ピストルを見せな。ジャフリー、ミスター・ヘインズが弾をこめるのをちゃんと見てたろうな。片方に二発、装填したりしてなかったか？　前もって一発装填しといて、それからおまえの前で二発めをこめたってこともありえるぜ」

北部から来た青年は心底意外そうな顔をした。「ミスター・ヘインズは紳士ですよ！」

「じゃあ、弾に刻み目を入れたりはしなかったか？　弾にぐるりと浅い刻み目を入れとくと、当たったあと体のなかで破片が飛び散るんだ。弾もちゃんと調べたろうな？」

ジャフリー青年はただこう繰り返した。「ミスター・ヘインズは紳士です」

「ああ、そうだろうとも。紳士たるもの、弾に刻み目を入れたり、二重に装填したりなんぞしねえよな。さてと、この二丁のうち、ミスター・ヘインズが弾をこめたのはどっちだ？」

「手前のだ」ジョンが答えた。

そのとき、森の奥から馬車ラッパの音《ね》が響いた。キツネ狩りで獲物を発見したことを知らせる角笛の合図に似た、長く期待に満ちた響き。ほどなく、沼の水を撥《は》ね散らしながら屋根なしのランドー馬車ががたごととやってきた。向かい合った座席のあいだに、めかしこんだ若者がふたり立っている。ひとりは馬車ラッパを口に当てていたが、やがてそれを下ろすと、座席の背もたれにつかまった。そうしていなければ、馬車が停まると同時に頭から地面に投げ出されていただろう。

「おーい！　おーい！　お楽しみはもう終わっちまったか？」

ふたりよりも年かさの男が御者台から下品な笑い声を立てた。「ちゃんと間に合うと言ったろうが。ジャック大佐はこのならず者どもを立派に探し当てたぞ」

ジャック・ラヴァネル大佐は、妻のフランシスが亡くなるまでは尊敬に値する稲作農園主だった。自堕落な生活を送るようになったのは、妻を失った悲しみゆえなのか、それとも結婚というたがが外れてしまったせいなのかは誰にもわからない。ここチャールストンでは、聖職者でもないかぎり、紳士という範疇《はんちゅう》において酒を呑み酔っ払うことは容認されている。そんななかにあっても、ジャック・ラヴァネル大佐は飲んだくれに分類されていた。またこの町に賭博をしない紳士はいないが、大佐はまっとうな賭博場のすべてから出入禁止を食らっている。とはいえ、馬の扱いにかけては天才的だ。馬好きのチャールストンの人々が大佐の振る舞いをだいたいのところ大目に見ているのは、それゆえだった。

ジョン・ヘインズがランドー馬車に歩み寄った。「きみたち、これは決闘なんだ。決闘には作法というものが……」

若者ふたりは丈の短い紋織りのジャケットに鮮やかな色のアスコットタイを締め、ズボンの前空きを隠す股袋が意味をなさないほどぴったりしたズボンを穿いていた。ラヴァネル大佐はふたりの父親と言っても通る年齢だったが、同じような身なりをしている。

「田舎娘ひとりが腹ぼてになった程度のことで、いきなり決闘か」ラッパがやかましく鳴り響く。「ようよう、ジョン・ヘインズ、これはレットお得意の冗談なんだろう？　な、そうだろう？」

ジョンは憤然と言い返した。「ヘンリー・カーショー、無礼だぞ。お引き取り願いたいね」

ヘンリー・カーショーは、呑んでいるのか、大きな体をふらつかせた。「とすると、わが従兄弟レットは本気だってことか？　こりゃ大変だ、エドガー、だったら、俺も明日からまじめに働くとでも言ってみるかな。レット、そこにいるのはおまえか？　そんな格好で寒くないのかよ。俺たちはな、この肥だめみたいな沼地を何時間も走ってきたんだぜ。ジャック大佐は、ここいらの土地はその昔自分のものだったと言い張ってるが、そりゃあきっとしらふだったころの話だろうよ。おい、エドガー・パーヤー、ウィスキーを独り占めするなって！」

トム・ジャフリーが口を挟んだ。「ヘインズさん、これはよくあることなんですか？」

「ああ、あんたが噂のヤンキーか」とヘンリー。

「はい。マサチューセッツのアミティから来ました」

「人は生まれる土地を選べないもんな。おっと、あんた、まさか奴隷制度廃止論者じゃないだろうな、え?」

口を開こうとしたジョンをレットが押しとどめ、気味が悪いほど静かな声で尋ねた。「エドガー、ヘンリー、ジャック——俺が死ぬところをわざわざ見物に来たというわけか?」

エドガー・パーヤーは申し訳なさそうな表情を作った。「悪ふざけに決まってるってジャックが言うもんだから。ただの悪ふざけだって言うんだよ! きみが決闘などするわけがない、たかがあんな……あんな……」

「〝悪ふざけ〟だって、ジャック? 決闘を見物に来たなんて話がうちの親父に知れたら、感化院に放りこまれるだろうな」

「頼むよ、レット! このジャックに向かってその口のききかたはないだろう!」

「ヘンリー・カーショーは酔っ払ってる。ヘンリーはへべれけのときには何だってやる男だ。エドガー・アランは見物にやってきた。エドガーはどんなときも面白いものを見逃さない。しかしだ、ジャック、この寒いのに、年代物の罪深いその体を淫売宿の温かなベッドからわざわざ引っ張り出してくるとは、どういった風の吹き回しだ？」

ジャック・ラヴァネルはへつらうような笑みを顔に張りつけた。「そりゃあ、レット、きみを助けに来たんじゃないか。こんな馬鹿げたことをやめさせるために来たに決まってるだろう！　なあ、みんなで楽しく呑んで、思い出話にでも花を咲かせようじゃないか。レット、俺がテカムセをどれほど気に入ってるか、もう話したかな。おや、そこに馬がいるじゃないか！」

一瞬、レットは困惑顔をした。だがすぐに口もとをゆるめて忍び笑いをした。まもなくそれは大笑いに変わった。腹を抱えて笑っている。そのうち他の男たちもつられて顔をほころばせ、ジャフリーまでくすくす笑い出した。

レットは目尻ににじんだ涙を拭って言った。「いや、ジャック、テカムセをあんたにやるつもりはないよ。ジョン、もし俺が死ぬようなことがあったら、馬はきみのものだ。さあ、ワットリング、ピストルを選びたまえ」

「こりゃたまげた！」ヘンリー・カーショーが息を呑む。「レットはほんとに決闘する気だぞ！」

ジャック大佐は険しい顔をし、連れのふたりを牧草地から追い払った。

森の奥深くでライチョウが空洞の丸太の上で音を立てて羽ばたきをした。巨大な太陽が揺らめきながら川面に顔をのぞかせ、それとともに霧が少しずつ晴れゆき、地上に黄色や青、淡い緑といった色が戻り始めた。

ジョン・ヘインズは束の間目を閉じて心のなかで短い祈りを唱えたあと、口を開いた。「始めよう」

レットの哄笑《こうしょう》がシャドから何かを吸い取ってしまったらしい。そう、何かが彼から失われていた。シャドの獲物はすでに仕掛けのばねに触れて弾いたのに、罠はいまだ空っぽのままだ。シャドはピストルの片方をひったくるように取ると、故障があるに違いないと疑っているかのようにあちこち点検した。「バトラーの若旦那さま！　ふん、黒人どもはそう言っておまえのご機嫌取りをしてたっけな！」

銃身の長いピストルのもう一丁は、レットの手のなかにある。レットは顔じゅうをほころばせていた。そのにやにや笑いがむき出しの腕を伝わって、ピストルまでもが笑っているかのようだった。

夜明けの川岸で、いかつい体をした怒れる男は、にやついた上半身裸の男と背中合わせに立った。

それぞれ二十五歩歩く。そして太陽の下端が地平線から完全に離れた瞬間、ジョン・ヘインズが合図を送る。ふたりはそれを受けて振り向きざまに撃ち合う。

決闘者たちは歩を進めた。二十三、二十四、二十五……太陽はまだ地平線にしがみついている。

「アミティじゃ、こんなの誰も信じないだろうな」トム・ジャフリーがつぶやく。

太陽が伸びをした。まもなく、その円周と岸の間に白い空白が現れた。ジョンがよく通る声で言い放つ。「紳士諸君！　振り向け！　撃て！」

川から突風が吹きつけ、レットの髪がふわりと浮いた。勢いよく振り向いて、剣士のように横向きに銃を構える。

先に発砲したのはシャドだった。撃鉄が火薬を叩き、銃口から白煙が噴き出した。

九年前

父ラングストン・バトラーの業を煮やしたような態度から、長男レットは鞭打ちの罰を覚悟した。シャツを脱いで椅子のまっすぐな背もたれにかける。

父に背中を向け、両手を父親の机に置く。机に張られた上質な革の表面が、少年の体重でほんのわずかに沈んだ。父愛用のカットグラスのインク壷にひたすら目を注ぐ。と、何の前触れもなく、背中に焼けつくような痛みが走った。インク壷には濃い藍色のインクが半分ほど入っている。今度ばかりはさすがの父も自制心が働かなくなって、鞭を振り下ろす手が止まらなくなるのではないか。まもなく視界がかすみ、インク壷は涙の霧のなかを漂い始めた。

少年の不安を嘲笑うように、今回も、鞭打ちの罰はちゃんと終わりを告げた。

ラングストン・バトラーは、怒りにまかせて鞭を床に叩きつけると、大声を出した。「いいか、おまえが息子でなかったら、牛追い用の鞭で打つところだぞ」

十二歳にして、レットはかなりの長身だった。父親よりも肌の色が濃く、漆黒の豊かな髪はレッド・インディアンの血が混じっていることをそれとなくほのめかしていた。

背中には青黒い傷痕が縞模様を描いていたが、レットは罰を受けているさなかに慈悲を乞おうとはしなかった。

「もう服を着ていいですか」

「弟のジュリアンは親の言うことを素直に聞く。なのになぜ長男のおまえはそう反抗的なのだ？」

「わかりません」

ラングストンの事務室は、一家が住むブロートンの屋敷の豪華絢爛さと対象をなすように、しごく殺風景だった。広々とした机と高くまっすぐな背もたれのついた椅子、インク壷、吸い取り紙、ペンが数本。あるのはそれだけだ。壁にピクチャーレールは取りつけてあるが、版画も絵画も下がっていない。カーテンのない高さ三メートルほどの窓からは、広大な農園の稲田が地平線まで見渡せた。

レット少年は白いシャンブレー織りのシャツを椅子の背から取り、わずかに表情を歪めながら両肩にひっかけた。

「議会に同行しろと言えば、断る。ここブロートンでの名士の集まりがあると言えば、姿をくらます。あのウェイド・ハンプトンに言われたぞ。〝息子さんはなぜちっとも顔を見せないのかね〟となし」

少年は口を結んでいる。

「黒人たちを監督する気もない。黒人たちの扱いを学ぼうという気さえない！」

レットはやはり何も言わずにいた。

「おまえはカロライナの紳士の息子として果たすべき義務をそっくり拒絶しているも同然だ。りっぱな反逆者だ」ラングストンは青白い額に浮かんだ汗をハンカチで拭った。「私が罰を与えるのを楽しんでいるとでも思うのか」

「わかりません」

「弟のジュリアンは私に忠実だ。なぜおまえは私の言うことを聞かない？」

「わかりません」

「わからないだと！　考えてみる気さえないんだろう！　それに、みなと一緒にチャールストンに帰る気もない。一緒に帰るどころか、こんな家はいつか出ていってやると言う」

「はい、そのつもりです」

父親は、怒りに燃える視線を息子の目にじっと注いでいた。「ふん、気のすむまで戯言に浮かれているがいい！」

翌朝、バトラー一家はレットを置き去りにしてチャールストンの屋敷に引き揚げていった。その晩、黒人の産婆ドリーは少年の腕にできたみみず腫れに軟膏をすりこみながら言った。「ラングストン様は厳しいお方です」

「チャールストンなんか大嫌いだ」レットは答えた。

川沿いの大農園では、四月に田植えをし、水門を開放して水を入れる。その後、九月の収穫までに三度田を水で浸す。大小合わせていくつもある水門の管理は、稲作においてもっとも重要な仕事であり、ブロートン農園でその水門の管理を任されているウィルは、奴隷のなかではヘラクレスに次ぐ地位にあった。

ウィルが従うのは主人のラングストンと農園監督アイザイア・ワットリングのふたりだけで、そのほかの誰からも――二十歳になるアイザイアの息子シャドからも――指示を仰ごうとはしなかった。

ウィルは自分の小屋で暮らしている。テーブル一卓に椅子二脚、ロープを張り渡した簡易ベッド一台、ルイ・ヴァレンタイン・バトラーが〈メルカート〉号から持ち出してきた欠けのあるスペインの椀三つ。それがウィルの財産のすべてだ。最初の妻の死後、しかるべき期間をおいて、十五歳の器量よしのミスルトーと再婚した。

ローカントリーの農園主たちは、夏のすさまじい暑さにしりごみして、その季節には農園に寄りつかない。ラングストンが農作物の様子を確かめに街からやって来ることがあっても、姿を現すのは夜が明けてからで、暗くなる前にはいそいそと帰っていく。

しかし息子のレットは、裸足に上半身裸という格好で狩りや魚釣りをしたり、アシュレー川沿いの沼沢地を探検したりした。レット少年の教師はワニやシラサギ、ミサゴ、コメクイドリ、アカウミガメ、それにペッカリーだった。黒人の呪術師が薬草を採りにいく場所を知っていたし、ナマズの巣がどこにあるかも知っていた。何日もブロートンに戻らないこともたびたびだった。たまたまレットの不在のあいだに父ラングストンがやってくることがあっても、息子の行方を尋ねることはなかった。

アイザイア・ワットリングは、稲田の水量と傷みやすい苗の手入れを監督していた。土手に穴を掘ってしまうニオイネズミを毒薬で駆除したり、コメクイドリを撃つ時期を決めるのも彼の仕事だった。

白人の主人たちに比べれば黒人は暑さに強いとはいえ、膝まで水に浸かって亜熱帯の沼沢地で働いていれば、かならず病気になる者が出る。ブロートンの診療所では、アイザイア・ワットリングの妻サラと娘のベルがキナの皮から採ったキニーネやアカニレの煎茶といった鎮痛解熱剤を処方した。またお産があれば産婆のドリーを手伝い、夫や父親に鞭打たれた人々が来れば背中に軟膏を塗ったりもした。

黒人のなかには、ラングストン様はワットリング監督ほど牛追い鞭を持ち出さないと言う者もいた。「診療所で臥せってる者《もん》をむりに働かすこともねえし」だがアイザイアのほうがましだと考える者もいた。「たしかにワットリング監督は厳しいが、どうしてもってときしか鞭は使わねえ」

〝レットの若旦那〟は、実際的な質問を次々と浴びせかけては父の使用人を閉口させた。水門をイトスギで作るのはどうして？　収穫前に水を田に引き入れたあとは鋤を使わないのはなぜ？　もみ殻を手でより分けるのには何かわけがあるの？　黒人たちはレットが釣ってきた魚や狩りの獲物を食べ、黒人が仕事を休む日曜には、レットも彼らの居住区で一日を過ごした。水門の見回りにいくウィルにもくっついて回り、昼時になると川岸に並んで食事をした。

シャド・ワットリングは女が恋しくなると、日暮れを待って黒人居住区に現れた。だいたいいつも、ことのあいだ、娘の家族を追い払った。「森のあたりでも散歩してこいよ」かごにくるまれた大きなガラス瓶に入った密造酒を夫や父親に渡して時間をつぶさせることもあった。

だが、ウィルの二番めの妻ミスルトーは、シャドの相手を務めるのを嫌った。シャドがそれでも強引にウィルの小屋に居座ろうとすると、ウィルはシャドを通りに放り出した。それを見て、ほかの黒人たちは内心で喝采を贈った。

まもなくラングストン・バトラーがその一件を聞きつけ、シャドの父親アイザイアを呼んでこう説いた。農場監督の息子を黒人が嗤《わら》うのを許してはならない、さもないと、やがては農場監督を、最終的には農場主をも嗤《わら》うことだろう。

ブロートンに黒人は三百人からいたが、白人は女を含めても数えるほどしかいない。黒人が一致団結して白人を殺そうとするような事態を避けるにはどうすべきか。ラングストン・バトラーはアイザイア・ワットリングにこう言った。彼らが不満を口に出し、鍬や鎌を研ぎ始めてからではもう遅い。反抗的な目つきや傲慢な陰口、不敬な笑み。そういった気配を見つけた瞬間に叩きつぶすことが肝心だ。

「ウィルは善良な男です」ワットリングは異を唱えた。

「おまえの息子から罰を与えさせるのだ」

「シャドラックから？」アイザイアの目が曇った。「わしの働きぶりにご不満でも？」

「きみはよくやってくれているよ」

ワットリングは軽く頭を下げてつぶやくように言った。「しかし、これだけは言わせてください、旦那様。ウィルにはまっとうな理由がありました。だが、うちのせがれは……シャドラックはただのろくでなしです」

「それでも白人だ」ラングストンは答えた。


その朝の空は、八月には珍しく澄みきっていた。だが、空気はどんよりと重苦しかった。

ブロートン農園の精米所は煉瓦造りの建物だ。脱穀所の外壁は白漆喰を塗った下見板張りで、搾乳小屋と黒人たちの小屋、それに診療所は、砕いた牡蠣殻と石灰を混ぜ合わせたセメント塗りだった。鋼鉄の板で補強した分厚い扉がついた貯蔵小屋は窓のない背の高い建物で、中世の要塞さながらの近寄りがたい雰囲気を漂わせている。毎週日曜日の朝、アイザイア・ワットリングは貴重な食料を厳重に保管しているこの貯蔵小屋の前に立ち、列をなして進む黒人たちにその週の配給を手渡す。「ありがとうございます、ワットリング監督」、「監督さん、あんたにはみんな本当に感謝してますよ」

喜びを与えるのがアイザイア・ワットリングなら、罰を下すのもやはりアイザイア・ワットリングだった。

ブロートンの笞刑《ちけい》柱は、高さ百七十センチ、直径四十五センチほどの、表面を磨いていない黒いイトスギの切り株だった。それに手首を固定するための鉄製の輪が取り付けられている。

ウィルに仲裁を頼まれたレットは、農園監督の前に立ちはだかった。「ワットリング、これは命令だぞ！」

アイザイア・ワットリングは、浜に打ち上げられた珍しい品物を見るような目で少年を見返した。「坊ちゃん、あなたが旦那様に逆らってここに残るとおっしゃったとき、わしは旦那さまが留守のあいだ、誰をご主人だと思えばいいのかと確かめました。すると旦那様は、おまえの主人は私だけだ、息子には命令する権限はないとおっしゃいました。さあ、坊ちゃん、わしは正義を行なって尊敬とは何かを黒人たちに学ばせなくちゃならんのです。ウィルの反抗的な態度は、鞭打ち二百回に値します」

「そんなに打ったら死んじまう。いいか、ワットリング、それは殺人だぞ」

アイザイア・ワットリングは、かなたから聞こえるかすかな音に耳を澄ますようにに首をかしげた。「黒人は坊ちゃんの父上の所有物です。他人の支配を受けない人間など、この世にほんの一握りしかいやしません」

シャドの牛追い鞭は力なくとぐろを巻いていた。まもなくシャドはその鞭を振りかざすと、井戸小屋の壁を這っていたアメリカノウゼンカズラをぴしゃりと打った。黒人たちは無言で見つめている。男は前列に、女と子どもはその後ろに控えていた。小さな子どもは母親のスカートの裾を握り締めている。

アイザイアに連れられて貯蔵小屋から出てきたウィルは、まぶしそうに瞬きをした。手首を固定されるときも、抵抗しなかった。

まだ大人になりきっていないレットには、友人が無惨に殺される場面に立ち会う勇気ははなかった。アイザイアがウィルの背中を裸にむくと、ミスルトーは気を失った。レットは川へと走りだした。鞭の音やウィルのうめき声——それはやがて絶叫に変わった——には耳をふさいで。

自分の小舟に飛び乗り、もやい綱を解いて、川の流れに運ばれるにまかせた。激しい雨が降って全身がずぶ濡れになった。川が舟を押し流していく。太鼓のような雨音を聞きながら、レットは滴が目に入らないよう瞬きを繰り返した。

強い男になろう、二度とこんな無力感に打ちのめされることのないように——レットは自分にそう誓った。

雨は少年の上に降り注いだ。その勢いはしだいに増していく。自分が乗っている舟の舳先《へさき》さえ見えなくなった。舟底に溜まった水は漕ぎ座まで洗っている。

帆は裂けてぼろぼろになっていた。櫂《かい》の片方はどこかにいってしまった。もう片方は、舟を転覆させせんという勢いで突進してきたイトスギの流木をよけた拍子に折れてしまった。レットは、才覚があればこれで漕ぐこともまだできるのではないかとでもいうように、手に残った切れ端を見つめた。溜まった水を腕が痛くなるまでかい出した。ふさがったようになった耳がまた聞こえるようになるかと大声で叫んでみたが、その声はたちまち風にさらわれていった。

川面は流木で覆い尽くされ、稲田は水浸しだった。レットを乗せた小舟はときおり水路に入りこんだり、少し前まではカロライナ一品質のいい黄金色の稲穂が風に揺れていた場所を滑るように進んだりした。

突然、まるで別世界に漂着したかのように、雨風がぴたりと止んだ。静寂のなか、小舟は渦を巻きながら天まで伸びるじょうごの、光にあふれた下端を静かに漂っていた。レットは頭上に広がる群青色の空に星が瞬いている様子を想像した。ハリケーンに目があるという話は聞いたことがある。だが、実際にそこに入る時が来るとは思いもしなかった。

やがて水浸しの小舟は、地面から根こそぎ抜かれたうえにずたずたにされた木が山と打ち上げられた浜にぶつかった。レットは枝の一本に小舟をつなぐと、ふらつく足で岸に上がり、槌の音のしている方角へと歩きだした。

トーマス・ボノーは若いころ、彼を本当の息子のようにかわいがった白人の主人によって自由の身となった。その主人は川沿いにある五エーカーの低地をトーマスに譲り、トーマスはそこに貝殻と石灰を混ぜたセメントを使ってこぢんまりとした家を建てた。素朴ながらも分厚い壁は、いくつものハリケーンから一家を守り続けた。トーマスはいま、レットと似た年ごろの少年と一緒に屋根に上り、板を打ちつけて補強していた。

「父ちゃん、見て。あそこに白人の子がいる」チュニス少年が言った。

ふたりは地面に降り立った。なかば溺れたような風情のレットにトーマスが声をかけた。「若旦那、さあ、こっちへどうぞ。これまではこの壁があたしらを無事に守ってくれました。神様も、もうひと頑張りくらい、この壁をもたせてくださるでしょう」

一部屋しかない家に入ると、トーマスの妻パールと、チュニスより幼い子どもがふたり、丸太や魚捕りの梁《やな》、まな板、鶏かごなどを積み上げ、天井梁によじ登るための不安定な足場を作っていた。

「命を奪うのはハリケーンの雨風じゃねえんですよ」トーマス・ボノーは梁のひとつに腰を据えながら説明した。「ハリケーンのせいで川があふれて、その水で溺れ死んじまうんでさ」

チュニスは妹や弟を抱き上げて父親に手渡した。ふたりは父親のたくましい腕にしっかりと抱かれた。全員がそれぞれ梁にまたがると、トーマスは平板な声で話し始めた。「神はノアに仰せられた、〝人々は腐敗してしまった。私は大洪水を起こすつもりだ。だがおまえとその家族はその洪水を生き延びて……〟」その後もトーマスはしゃべり続けていたが、その声は風にかき消された。

ついにハリケーンが到来した。荒れ狂う嵐がセメント塗りの小さな家にぶつかり、ドアを強引に開けた。宙空にぶら下がったレットの足のすぐ下で水が泡立ち、またがっている梁は太ものあいだで震えた。トーマス・ボノーは天を仰いでまぶたを閉じている。神に祈りを捧げる彼の首の筋肉はぐっと盛り上がっていた。

それが峠だった。

どんな嵐もいつかは終わる。この嵐もまた過ぎ去った。水は引いた。台風一過のまばゆい太陽が真新しい世界をきらめかせていた。

トーマス・ボノーが言った。「あたしの見間違いでなけりゃ、あそこの木にいるのはコンゴウインコだ」濡れそぼった青と黄色の鳥が、葉を奪い去られた枝に力なく止まっている。「いったいどっから飛ばされてきたんだか」

一同は泥だらけになった丸太や壊れた梁を外に運び出した。パール・ボノーは紐を張り、そこに濡れたみなの服を干した。衣類が乾くまでのあいだ、パールは濡れたペチコート一枚で過ごし、男たちは裸でいた。

チュニスとレットは嵐で打ち上げられた魚を拾い集め、トーマスはヒマラヤスギの湿気ていない内皮を使って火をおこした。

そろって火を囲む。串刺しにした魚を回しながら、トーマスは家族と若旦那様を守ってくださってありがとうございましたと神に感謝を捧げた。

「僕は若旦那じゃない」白人の少年は抗議した。「レットだ」

十日後にブロートンに帰ると、ウィルは奴隷用の墓地に埋葬され、ミスルトーは南に売られていた。ブロートン農園は水と腐った稲のにおいの底に沈没していた。

ラングストン・バトラーは主水路の修復を、ワットリングは稲田のあいだを走る水路の修理をそれぞれ監督していた。男たちは手押し車で土を運び、女や子どもが手桶やバケツでその土をすくって水路の破れ目を埋めた。

ラングストンの長靴は汚れていたし、何日も髭さえ剃っていないようだった。柔らかかった手はひび割れ、爪もぼろぼろになっている。彼は息子をこう言って迎えた。「死んだものと思ってたよ。おまえの母親は嘆き悲しんでいる」

「優しい人ですから」

「いままでどこにいた？」

「解放奴隷のトーマス・ボノーがハリケーンから救ってくれました。お礼に、家の修理を手伝ってたんです」

「自分の家族や使用人のことを考えるのが先だろうが」

レットは返事をしなかった。

父親は汗ばんだ額を腕で拭った。「稲は全滅だ」父親はよそよそしい声で告げた。「一年分の労働が水の泡というわけだよ。ウェイド・ハンプトンに知事に立候補したらどうかと推されていたが、この状態ではそれどころでは……」ラングストンは、息子の無関心な目をじっとのぞきこんだ。「息子よ。おまえは水門管理人の一件から何かを学んだか？」

「はい」

「謙虚さを学んだか？　それとも従順さか？　目上の者に敬意を払うべきことをか？」

「父さんはよく〝知識は力なり〟とおっしゃいますね。その訓《おし》えを実践してみようと思います」

農園で果たすべき仕事が残っていたにもかかわらず、ラングストン・バトラーは、ローカントリーの紳士たる者に必要な教育を受けさせるため、その週のうちに息子をチャールストンに連れ帰った。

キャスカート・パーヤーはチャールストンの名だたる知識人であり、街の誇りでもあった——もっとも、チャールストンの人々は、頭が二つある子牛や言葉を話すアヒルといった珍品も同じように街の誇りと称しただろうが。ヴァージニア大学で勉学に励んでいたころ、キャスカートはエドガー・アラン・ポーと同じ下宿で暮らしていた。周知のとおり、詩心というのは伝染しやすい性質を持っている。『サザン・リテラリー・メッセンジャー』（一八三四年から六四年にかけてヴァージニア州リッチモンドで発行されていた文芸誌。ポーは頻繁に寄稿しただけでなく、四年にわたって編集も担当した）にキャスカート・パーヤーが寄稿したエッセイは論議を呼び、それがもとで二度も決闘を申しこまれることになった。その二度とも、キャスカートは、決闘とは〝精神的能力に劣る者によって考案された、精神的能力に劣る者のための制度〟であるという信念を弁じ立てたあと、ピストルを空に向けて弾丸を放った。それ以後、決闘を申しこまれることはなくなった。銃を人に向けようとしない男に決闘を申しこめば、名誉が保たれるどころか、不名誉にすらなりかねないからだ。

キャスカートは聖セシリア協会の会長を務めていた。この協会は心を高揚させる音楽会や、チャールストンでもっとも大勢を集める舞踏会を開催したりしていた。チャールストンの知識人の多くは聖職者か、あるいは連邦主義者ジェームズ・ルイス・ペティグルのように弁護士だったが、キャスカートの場合は亡くなった妻にかなりの資産があったおかげで、生活のために働く必要はなかった。良家の子息をつねに何人か自宅に預かって教育していたが、本人はそれが〝ノブレス・オブリージュ（高貴に生まれついた者の果たすべき義務）〟だからだと説明していた。

キャスカートの詩のテーマは、エレノア・ボールドウィン・パーヤー（一八三六年没）だけだった。芸術を解さない俗物は、不朽の名作をものする機会と引き換えにエレノアの莫大な遺産が手に入ったのだから、まさに儲け物じゃないかと言い合った。

疲労の色が濃く、農園のことが気がかりでならないラングストン・バトラーは、息子の教師候補であるキャスカートに己の息子をこう説明した。「頭はいいが、ひじょうに反抗的だ。親の命令を軽んじ、我々の社会の骨組みとも言える階級や人種の区別も馬鹿にして無視する。読み書きや計算はできるが、世の紳士諸君はとうていこの子を等輩とは認めないだろう」

キャスカートは励ますように微笑んだ。「若者の精神は〝まっさらな石板〟です。まっさらだからこそ、そこに望ましい文字を刻みつけることが可能なのです」

ラングストンはやれやれといった表情で笑みを作った。「そうならいいのだがね」

ラングストンが帰っていくと、キャスカートはレットに声をかけた。「新入生君、かけたまえ。とりあえず座るんだ。そうやってうろうろしてると、まるで檻に放りこまれた野獣みたいだからね」

それから、矢継ぎ早にレットに質問を浴びせかけた。「アリストテレスが家庭教師を務めた、のちに大王になった者たちの名を答えられるかね？　Amare（〝愛する〟を意味するラテン語）の活用は？　英国のチャールズ一世の次の国王の名は？　三権分立の原則を説明してごらん。エドガー・アラン・ポーの『大がらす』と、ジョン・キーツの『つれなきたおやめ』を暗誦してみなさい」

沈黙が堪えがたいほど重たくなったころ、キャスカートは微笑んだ。「さて、どうやら私はきみの知らないことをいろいろと知っているようだ。訊くが、きみはいったい何なら知ってるのかな」

レットは身を乗り出した。「水門をイトスギで造る理由を知ってます。母ワニは子ワニを食うとよく言われますが、それは間違いです。母ワニは子を口にくわえて運んでるだけです。呪術師はシロバナチョウセンアサガオで四種類の病気を治すことができます。ニオイネズミの巣には、かならずひとつ、水中に通じる出入口があります」

キャスカート・パーヤーは呆気にとられたように目をしばたたかせた。「きみは自然科学者というわけか」

少年はその可能性をあっさりとはねつけた。「いいえ。反逆者です」

キャスカート・パーヤーとの面接から解放されると、レットは急な階段を昇り、熱気のこもった角部屋に足を踏み入れた。窓からはチャールストンの波止場が見渡せた。

乱れたままのベッドには汚れた衣類が散らかっている。もうひとつあるベッドの枕の上には、ぴかぴかに磨かれた乗馬靴が鎮座していた。

レットは荷を解き、長靴を脱いで床に放り出すと、窓際に座って港をながめた。なんとたくさんの船だろう。世界はなんと広いのだろう。この世界で自分が何がしかの成功を収める日は来るのだろうか。

三十分後、同室の生徒がやかましい足音とともに階段を昇ってきた。華奢な体つきをした若者で、額に落ちる前髪を長い指で神経質そうに何度も払っている。自分の乗馬靴を持ち上げ、妙な細工がされていないか確かめるように隅々まで点検したあと、「きみがバトラーか」と言った。

「そっちは？」

若者はぴんと背筋を伸ばした。「アンドリュー・ラヴァネル。この名を聞いてどう思う？」

「とくに何も。何か思わなきゃいけないのか」

「ああ、何とも思わないとは許せないね！」

アンドリューが拳を構えたのを見て、レットはすかさず相手の腹にパンチをお見舞いした。アンドリューはベッドに倒れこんで背を丸め、苦しげにあえいだ。「よくもやりやがったな……おまえに何の権利があって……」

「そっちが先に殴ろうとしたんだろう」

「まあそうだ」アンドリューの笑顔は、天使のように無邪気だった。「殴ってたかもしれない。殴らなかったかもしれない」

それから数か月のうちに、レットは自分がそれまでどれほど孤独だったかを痛感させられることになった。

アンドリュー・ラヴァネルは都会っ子だ。レットはガス灯が揺らめくような土地で暮らした経験がない。レットは現実主義者、アンドリューは夢想家だった。レットが階級に無頓着なのを知ると、アンドリューはひどく驚いた。「なあ、レット、きみに仕えてる使用人に感謝などするものじゃないぜ。きみに仕えるのが使用人の存在理由なんだから」

レットは数学が得意だった。アンドリューは仲間の前でレットに難しい足し算を暗算でやらせてはおもしろがった。なぜできるのか、レット本人にもわからなかった。ただ答えがぱっと思い浮かぶのだ。

アンドリューの成績は人並みの域を出ず、そこでレットが復習係を務めた。

キャスカートが預かっている生徒はほかにもいた。体格のいい十七歳のヘンリー・カーショー。ヘンリーは夜ごと街へ遊びに繰り出した。キャスカートの息子エドガー・アランは、さながらヘンリーの太刀持ちだった。ヘインズ船会社の跡取り息子ジョン・ヘインズもいた。父親のヘインズ議員はキャスカートの教育方針には賛同していたが、彼の良識には懐疑的だったため、ジョンは寄宿せずに自宅から通ってきていた。

夜が更けて大きな港町に涼しい風が吹き始めると、レットとアンドリューは部屋の窓際に座り、少年なら誰しも頭を悩ませるであろう奥深い問題——義務や名誉、愛といったものについて意見を交わした。

アンドリューはときおり暗い気持ちに襲われることがあったが、レットにはそれが理解できなかった。アンドリューは、ふだんは向こう見ずなくらいに大胆なくせに、些細なことを気に病む一面も持ち合わせていた。

「キャスカートは誰に対してもああいう偉そうな態度を取るんだ」レットは辛抱強く説明した。「そういうやつなんだよ。いちいち気にするな」

理屈を並べようとおだてようとアンドリューを絶望の淵から救い上げてやることはできなかったが、ただそばにいるだけで多少なりとも慰めになるらしいとやがて気づくと、レットはただ黙って隣に座り、暗黒の時間を共有した。

キャスカート・パーヤーは〝農園の俗物たち〟を口汚くこき下ろしはしたもの

の、若き紳士は無事に結婚相手を見つけるまでは存分に遊ぶべきだというチャールストンの慣習に疑義を差しはさむことはなかった。アンドリューの父親ジャック・ラヴァネルはレットに酒の味を教え、十五歳の誕生日にはミス・ポリーの娼館に連れていった。

レットが階段を降りてくると、ジャックはにやりと笑って訊いた。「さて、大将、愛についてどう思うね？」

「愛だって？　あれが愛ってものなのか？」

キャスカートのもとで三年も学ぶころには、レットは微分積分をこなし、（辞書があれば）ラテン語も読めるようになっていた。アルフレッド大王以降の英国王の名もすべて暗記したし、チャールストンで一番の別嬪と評判の売春婦たちの好みも把握し、ポーカーではストレートは絶対にフラッシュに勝てないことも身をもって知った。

テキサス併合が上院で議論された年、キャスカート・パーヤーはのちに有名になった論文を発表した。自分の見解を公にする気になった理由は明らかではなかった。評価が高まるばかりだった詩人ヘンリー・ティムロッドに対抗しようとしてのことだろうと言う者もいれば、過去にキャスカートの詩の掲載を断った『チャールストン・マーキュリー』紙に対する腹いせとして、まさにその『チャールストン・マーキュリー』紙上で不謹慎な論文を公表したのだろうという者もいた（ちなみに、〝この論文について編集部は一切の責任を負いません〟という但し書きがついていた）。

「実施拒否（州が合衆国憲法に照らして違憲と判断した連邦法の州内への実施を拒否すること）は」、とキャスカートは書いている。「途方もない愚行である。加えて言うなら、それを支持する輩は結果を顧みない愚か者だ。正常な神経の持ち主なら、連邦政府がカロライナの〝紳士〟たちにどの連邦法を採用するかの判断を一任することなどありえないことくらいわかりそうなものではないか。そういった紳士の一部は、〝連邦脱退〟などという忌まわしい言葉をささやき合ったりしているのだ。ラングストン・バトラー氏とその同朋が自ら命を絶つ暁には、我々を彼らの愚行の巻き添えにすることなく、どうかひっそりと世を去っていただきたい」

ラングストン・バトラーはキャスカート・パーヤーに決闘を申しこむことはできなかったが――「あの不届き者は紳士道を嗤《わら》った」――息子をキャスカートの影響下から取り戻すことはできた。

キング通りを走る馬車の中、ラングストンは息子に言った。「ウェイド・ハンプトン上院議員はある教師に子どもたちを預けている。今後はおまえもそこに預けよう」彼は探るような目で息子を見つめた。「おまえがパーヤーの反逆精神に毒されていないことを願うよ」

レットは苦々しげにしかめられた父親の顔をしげしげと見やった――父さんは俺に自分のようになれと言ってるんだ。レットは馬車から飛び降り、醸造所の荷馬車の陰に駆けこむと、そのまま雑踏へにまぎれこんだ。

トーマス・ボノーは繕っていた漁網を下ろして言った。「おや、こんなところで何をなさってるんだね?」

レットはおずおずと微笑んだ。「歓迎してもらえると期待してたんだがな」

「歓迎なんかするものか。あんたはもめ事の種ですからね」

片手に眼鏡をぶら下げて、チュニスが家から出てきた。反対の手には『漁師の友』を持っている。

レットは藁《わら》にもすがる気持ちで言った。「その本のケッチ（小型の縦帆船）の索具に関する記述は間違ってるんだ」

チュニスは呆れたように天を仰いだ。「父ちゃん、バトラーの坊ちゃんは一人前の船乗りのつもりでいるらしいや。そうだろ？」

レットはポプリンのシャツの上に丈の短い青いジャケットを羽織っていた。ズボンは、かがもうとしたらはち切れそうなくらいぴっちりしている。

トーマス親子は裸足だった。チュニスの薄汚れた粗織りのズボンにはベルト代わりに縄が巻かれている。

レットは小さな声で言った。「ほかに行く当てがないんだ」

チュニスは長いあいだレットをじっと見ていたが、やがて声を立てて笑った。

「この本は牡蠣八ブッシェルでようやく手に入れたんだ。なのにバトラーの坊ちゃんは間違いが書いてあるって言う」

トーマスは頬を膨らませたあと、勢いよく息を吐き出した。「ふう、きっと後悔することになるだろうな。まあいい、ここへおかけなさい。網の繕い方を教えますよ」

ボノー父子はモリス島の海底で牡蠣を捕り、サリバン島沖で漁をした。レットもふたりとともに夜明けの数時間前には起き出し、ともに働き、ともに笑った。なかでも忘れられない思い出は、ある日曜日、トーマスと妻、下の子どもたちが教会に行っているあいだに、トーマスの小舟にチュニスと乗りこみ、はるばるボーフォートまで行ったことだった。

それまで想像したこともないほど満ち足りた日々だった。

アシュレー川沿いに住む黒人のなかに、ボノー家の白い〝息子〟を知らない者はひとりもいなかった。しかし、ラングストン・バトラーがようやく息子の所在を突き止め、その結果、ブロートン農園の大きな舟がボノー家の粗末な桟橋にもやい綱を結んだのは、十三週間後のことだった。

ラングストンはトーマス・ボノーにのしかかるようにして言った。「議員の多くは、解放奴隷をカロライナから追放するか、奴隷の身分に戻すべきだと考えている。私もその考えに賛成だ。うちの家族にまたよけいなことをしてみろ、おまえも、おまえの妻も子どもたちも、ミスター・ワットリングの鞭を食らうことになると思え」

川をさかのぼってブロートン農園へ帰る長い船旅のあいだ、ラングストンは息子に一言も口をきかなかった。そして上陸するや、息子をアイザイア・ワットリングに引き渡した。「ほかの奴隷と同じように稲田で働かせろ。万が一逃げようとしたり反抗したりしたら、牛追い鞭の威力をしかと教えてやれ」

ワットリングは黒人居住区の小屋のひとつをレットに宛てがった。藁《わら》を積んだ粗末な寝床ではノミが跳ねていた。

二週間前に川から水が引かれ、稲は順調に育っていた。田に出た初日は、蚊やブヨの大群がいて、レットの口にもいやというほど飛びこんできた。日の出から二十分が過ぎるころには、あまりの暑さに息をするのさえ億劫だった。

泥に太ももまで浸かって働いた。片足ずつ泥から引き抜いて移動するという重労働をなるべく省略しようと、腕を伸ばせるだけ伸ばして鍬を動かした。

大きな馬にまたがったやはり大きなシャド・ワットリングが、土手の上からその様子をじっとながめていた。

太陽が真上に来ると、奴隷たちはいったん手を休め、豆とコーンミールの食事を同じ鍋からひしゃくで椀によそって食べた。レットは自分の椀やスプーンを持っていなかったため、誰かが食べ終わるのを待って食器を借りた。

その日の午後の気温は三十五度まで上がり、レットの目の前に赤や紫の光がちかちかした。

割り当てられた仕事を終えた者は、余った時間を好きに使える。それが農園の慣例だった。午後三時ごろから体力のある男たちが田から引き揚げ始め、五時には中年女ふたりとレットだけになっていた。八時半にようやく仕事を終えたとき、残っていたのはレットとシャドのふたりだった。

「ヘビに用心しな」シャドがにやにや笑った。「先週、黒人がひとり、この田で死んだばかりだからな」

意識朦朧《もうろう》としたまま働き、食べ、また働く。唯一の安息の時間は、途切れがちな睡眠だった。シャドの警告どおり、ミズヘビにも出くわしたが、レットには逃げる気力さえなく、ヘビが無防備な脚のすぐ横をぬらぬらと這っていくのをただぼんやりと見送った。

アイザイア・ワットリングは背の高い痩せこけたラバに乗って、働く奴隷たちの見回りに来る。鞍頭に下げてある牛追い鞭の柄《え》は、掌の汗を吸って白茶けていた。猛暑のなかでも、ワットリングは黒いフロックコートを着こみ、シャツのボタンをあごまで留めていた。髪を短く刈りこんだ頭には、幅の広い麦藁帽子を目深にかぶっている。

土曜の夕食時、ワットリングがレットを手招きした。

アイザイアは耳も鼻も大きく、長い腕と大きな手をしている。重労働と苦労が彼の顔に深いしわを刻んでいた。

ワットリングは淡い色をしたうつろな目でレットを見つめた。「もう十何年も前、わしが破産してブロートンに来たとき、あんたはへそ曲がりな子どもでした。それでもわしは、あんたには見込みがあると思いましたよ。苦難が人を立ち上がらせるって言いますしな。なあ、バトラーの坊ちゃん」、ワットリングはラバを歩かせた。「いつかかならず我々の時代が来ますよ」

二週めには、レットは年配の女並みの仕事をこなせるようになり、三週めの終わりには十歳の子どもに負けない働きができるようになっていた。

夜になると、レットは前庭の物切り台にどさりと腰を下ろした。ブロートンの黒人たちはレットに関わらないよう命令されていたが、自分の乏しい蓄えのなかからこっそり彼に食べ物を分け与えた。

九月には、レット青年はブロートン農園の一人前の働き手に成長していた。

ボルティモアで開かれる民主党大会に出席するためにカロライナの代議員団がスクーナー船に乗りこんだとき、ウェイド・ハンプトン議員はラングストンを脇に呼び、バトラー家の子息が稲田で奴隷に混じって働いているという噂は本当か、と尋ねた。

「息子には修練が必要なのです」

ウェイド・ハンプトンは、三千五百人の奴隷を抱える大男だ。そのウェイドが顔をしかめた。

醜聞は民主党の利益にならないとハンプトンは言った。

「ですが、息子には修練が必要なのです」

そこでハンプトン議員は、レットをウエストポイントの陸軍士官学校に入学させるべく手配した。

その夜、アイザイア・ワットリングがラバに乗って黒人居住区を訪れたとき、レットは小屋の前にあぐらをかいて、川の上をくるりくるりと旋回するコメクイドリをながめていた。

ワットリングはラバから下りた。「旦那様が町へ来るようおっしゃってます。船着場で船が待ってるそうで」一瞬のためらいがあって、農園監督はこう付け加えた。「白人にしちゃ、あんたはなかなか見所のある奴隷でしたな」

チャールストンに着くと、レットは風呂に入れられ、散髪された。すっかり筋肉のついた体に合わせて服があつらえられ、虫刺されの痕がまだ全部は治りきらないうちに、北行きのスクーナー船に乗せられた。

チャールストンの港を出ていく船上で、レットは手すりの際に立っていた。行く先で待ち受けているものを思って胸が高鳴ってもよさそうなものだったが、そんな気分にはならなかった。紳士らしい服はどうにもしっくりこない。サムター砦《とりで》はしだいに遠ざかって、やがて灰色の海に浮かぶ小さな点になった。

第2章　ローズマリー・ペネロピー・バトラー

レットがローカントリーから旅立ったとき、妹のローズマリーは四歳だった。そのあと、兄のことを思い出そうとするたび、どうがんばってみてもいつも同じイメージが頭に忍び入ってきた――おとぎ話の本の表紙に描かれているオオカミ。長い鼻面、強い毛に覆われた体。どこまでもずる賢くて、びっくりするほど大きな牙を生やした獣！

レットがボノー一家にかくまわれていたころ、チャールストンのバトラー家は、どんな小さな隙間も漏れなくラングストンの怒りで満ちていた。使用人は忍び足で歩き、小さなローズマリーは子ども部屋に隠れ、エリザベス・バトラーはひどい頭痛を訴えて寝室に引きこもった。父にあそこまで嫌われるとは、兄はよほど気性が荒くて意地悪な人なのだろうとローズマリーは思った。
やがてローズマリーの手足に発疹が広がった。ちょっとした物音でもすぐに目を覚まし、それきり眠れなくなる。あの毛むくじゃらのオオカミのことを考えずにいられたら、お人形や踊り子やきれいなドレスのことだけを思い浮かべることさえできたなら、オオカミは寝室の窓の下の暗い影のなかをうろついたり、ベッドの下に隠れたりしなくなるだろう。

ローズマリーの母エリザベスはひじょうに裕福なエズラ・ボール・カーショーに大切に育てられたひとり娘だった。誠実で信心深い妻となったいまも、聖書はどんな疑問にも答え、最後には公正な裁きを下してくれると信じていた。子どもたちのために祈りを捧げ、また、当人には内緒にしていたが、夫のためにも祈った。今回、エリザベスは珍しく大胆な行動を起こした。友人のコンスタンス・フィッシャー――チャールストンでこのグランマ・フィッシャーほど尊敬されている人物、裕福な人物はいないだろう――に、娘をしばらく預かってもらえないだろうかと相談したのだ。

コンスタンス・フィッシャーは迷うことなく承諾した。「ローズマリーとうちの孫娘のシャーロットはすぐに仲よしになるでしょうよ」

その午後、ローズマリーの衣類とお気に入りの人形たちがグランマ・フィッシャーの馬車に運びこまれた。これ以降ローズマリーは、自分の屋敷に寝泊まりするより、イーストベイにあるフィッシャー家の屋敷で過ごすことのほうが多くなった。発疹もまもなく癒えた。

幼いシャーロット・フィッシャーは気だてがよく我慢強い性質で、いつも他人のよいところだけに目を向けようとした。ローズマリーの兄のことも、みなが言うほど悪い人ではないはずだと思っていた。そこまで悪い人などどこの世にいるはずがない。兄のジェイミーにからかわれたりしても、シャーロットは文句ひとつ言わなかった。ある午後、ご機嫌ななめになったローズマリーがシャーロットのお気に入りの人形を横取りした。そのときも人形を強引に取り返そうはしなかった。それを見たローズマリーは、悪いことをしたと急に反省したらしい。泣きながらシャーロットの首に両腕を巻きつけた。「シャーロット、ごめんね。でもあたし、何かほしいものができると、その場で手に入れたくなっちゃうの」

レットがウエストポイントに入学して三年が過ぎたある日、ジェイミーが居間に飛びこんできた。

シャーロットは読んでいたページのあいだに指をはさんで本を閉じ、溜息をついた。「何事なの、兄さん……」

「何事って、そりゃこっちの台詞だよ」ジェイミーは腕を組み、ズボンにしわができないようにソファーの肘掛けに寄りかかった。

「ジェイミー……」

「レット・バトラーが放校処分になったって」ジェイミーは出し抜けに言った。「チャールストンに帰ってきてるみたいだ。どうして帰ってきたのかは神のみぞ知るだけどね」そこで芝居気たっぷりに両眉を吊り上げた。「だって考えてみろよ……誰も、いいか、誰ひとりとして、あいつを家に迎え入れようなんて気はないわけだろ。で、とりあえずジャック・ラヴァネルの家に居候してるらしい。レットとアンドリューは、ほら、昔から仲がよかったから」

ローズマリーは眉根を寄せた。「〝放校〟って？」

「士官学校から叩き出されたってことさ。まったく、とんでもない面汚しだな！」

ローズマリーは悲しくなった。オオカミはどこへ行こうとやっぱりオオカミなのだ。

ジェイミーはせきこんで先を続けた。「まあ、ローズマリー、心配するなって。レットは顔が広い。アンドリューにヘンリー・カーショー、エドガー・パーヤー。その、つまり、あの手の連中をよく知ってる」

そう言われても慰めにもならない。ジェイミーは以前、夕食のテーブルで、彼ら〝いかがわしい遊び人ども〟のことをおもしろおかしく話していたではないか。ローズマリーの耳に入る彼らの噂はどれも不埒《ふらち》で、警戒心を抱かせるようなことばかりだった。

その夜、グランマ・フィッシャーはローズマリーを怯えさせたジェイミーを叱った。

「でもレットは面汚しだ。それは事実です」とジェイミーは食い下がった。

「事実というのはね、ジェイミー、ときに非情なものなのですよ」


レットの帰郷は、〝いかがわしい遊び人ども〟の不道徳な振る舞いを加速させた。レットはミス・ポリーの娼館の若く美しい娼婦ふたりをうんと着飾らせ、主催者の目を欺いてジョッキー・クラブの舞踏会にまぎれこませたりした。結局ふたりは会場からさりげなく追い払われることになったが、娼館の常連客を見つけ、その男が過去に一度も罪を犯したことがないとされている聖ミカエル教会の教区委員だと知ってくすくす笑った。

またある真夜中、波止場近くの賭博場の前で、レットはふたり組のごろつきにからまれた。

レットは穏やかな口調でこう言った。「俺のピストルには弾がひとつしか入ってない。弾をぶちこまれるのと首をへし折られるのと、どっちがどっちにするか、きみたちに選ばせてやろう」

ごろつきは何も盗らずに逃げていった。

レットとアンドリューは、短時間で馬を乗り換えながら、四日のうちにテネシーからチャールストンまで十二頭の馬を連れてきた。馬の正当な持ち主にあわや捕まるところだったらしいという噂がまことしやかにささやかれた。

レットが目隠しをして去勢馬テカムセに乗り、高さ一・五メートルの鉄柵を飛び越えて聖ミカエル教会の敷地に降り立つことができるかという値二ドルの賭けが行なわれたときには、チャールストンの町は騒然となった。日曜の朝、野次馬根性に駆られて集まった教区民と義憤に駆られて教会から出てきた牧師は、テカムセのひづめが芝生に残した深い穴にしげしげと見入った。自分も馬に乗る人々は身震いした。

悪ぶってはいても根は善良なジェイミー・フィッシャーは、その一件をよく思わなかった。「レットはポーカーをやるようなやつだぜ」それから声をひそめてこう付け加えた。「それも金を賭けて！」

「そりゃあ、お金を賭けるでしょうよ」聡明なシャーロットは答えた。「あの人だって、どうにかしてお金を稼がなきゃならないでしょうから」

ローズマリーとシャーロットはレットの犯した罪のすべての詳細は知らないままでも、その数がとんでもなく多いであろうことは想像できた。ある朝、同情したシャーロットから「かわいそうなローズマリー」と何度も呼ばれてうんざりしたローズマリーは、「もうやめて」とぴしゃりと言った。驚いたシャーロットはわっと泣きだし、ローズマリーは親友の胸に飛びこんで、ふたりは幼い女の子らしく互いを慰め合った。

ある特別な朝のこと、居間に入ってきたグランマ・フィッシャーの様子を見て、シャーロットはトーストにアカスグリのジャムを塗っていたことをたちまち忘れ、ローズマリーはティーカップをテーブルに下ろした。

とはいえ、グランマ・フィッシャーは悲しげに両手を固めていたわけでも何でもなかった。ただローズマリーの表情から疑問の答えを読み取ろうとするかのようにじっと見つめていただけだ。

「おばあちゃま」シャーロットが声をかけた。「何かあったの？」

グランマ・フィッシャーは小さく首を振ると、背筋を伸ばした。「ローズマリー、おまえに会いたいって人が客間でお待ちですよ」

「お客さん？　あたしに？」

「そう。お兄さんのレットが来てる」

ローズマリーの頭に絵本のオオカミがぱっと浮かんだ。驚いた顔でシャーロットを見る。

「会うか会わないかはあなたの自由ですからね。もし嫌なら、私から言って引き取ってもらうから」

「ローズマリー、レットは一家の面汚しよ」シャーロットがやきもきしたように口をはさんだ。

ローズマリーは唇をきつく結んだ。もう子どもではない。おとぎ話のオオカミに会うくらい、怖くも何ともなかった。それに、好奇心も頭をもたげていた。犯した罪は外見まで変えたりするものかしら？　背骨が曲がってたり、毛むくじゃらで長い爪をしてたりするの？　いやなにおいをさせてたり？

廊下を歩きながら、グランマ・フィッシャーが小さな声で言った。「ローズマリー、このことはお父さまには内緒にしておくことよ」

レット・バトラーは毛むくじゃらの年寄りオオカミではなかった。若く、背が高くて、髪はカラスの羽のように黒く艶やかだ。生まれたての小鹿の皮で作ったあずき色のコートを着て、大きな手には、まるで古い友人を抱くように、プランター帽を大事に持っている。

「おお、来たな」とレットは言った。「怖がらなくてもいいんだよ、おちびさん」

笑っているレットの目を見たとたん、オオカミは跡形もなく消えてしまった。

「あたし、怖がってなんかない」ローズマリーは臆せずにそう応えた。

「グランマ・フィッシャーから、きみは元気のいい女の子だと聞いた。たしかにそのようだね。今日は遠乗りに誘おうと思って寄ったんだ」

「ミスター・バトラー、こんなことを言うとこの先一生後悔しそうですけれども、あなたがどんな理由で士官学校を放校になったのか知らないし――」グランマ・フィッシャーは口を開こうとしたレットを制して続けた――「知りたいとも思わない。でも、ジョン・ヘインズはあなたを褒めちぎってましたよ。あの分別を備えたジョンが言うんだから、きっとあなたはほんとに大したお人なんでしょう。でも、あなたがここに来たことが知れたら、お父上は……」

レットはにやりとした。「頭から湯気を立てて怒る、ですか？　怒りはうちのおやじの一番の親友なんです」そう言って恭《うやうや》しい仕草でお辞儀をした。「恩に着ますよ、グランマ・フィッシャー。夕食までにはローズマリーをお返しします」レットは床に片膝をついて、ローズマリーと目の高さを合わせた。「さてと、わが妹よ、きみの兄さんは走りたくてうずうずしてる馬とローカントリー一軽い二輪馬車を持ってるんだ。どうだ、空を飛ぶような気分を味わってみたくはないか」

その午後、ローズマリーは三歳になるモルガン種の去勢馬、レットの愛馬テカムセに紹介された。レットの馬車は、大きな車輪の上に籐を編んだ座席が載っているだけといったような代物で、輻《スポーク》などレットの親指より細いくらいだった。テカムセは初めのうちこそトロットで進んでいたが、やがてレットがギャロップで走るよう命じると、車輪はたちまち宙に浮いた。

ローズマリーが幼い女の子としては充分なほど〝浮遊旅行〟を楽しんだあと、馬車はフィッシャー家に戻った。レットは妹を抱き上げて玄関をくぐった。兄の腕は、これまでにない安心感でローズマリーを包みこんだ。

次の訪問では、レットは船に乗せてくれた。港の誰もがレットを知っているらしい。ふたりが乗ったスループ型帆船は解放奴隷が所有するもので、その黒人は兄を洗礼名で呼んだ。兄が黒人と握手を交わすのを見て、ローズマリーは目を丸くした。

その午後、チャールストンの港には、漁船や沿岸用ケッチ型帆船、そして外洋スクーナー船などがひしめいていた。サムター要塞は防御壁に星条旗をはためかせながら港の入り口を守っている。港の外では波が高く、ローズマリーは水しぶきを浴びてずぶ濡れになった。

フィッシャー家に戻ったローズマリーは日焼けし、疲れきり、そして物思いにふけっている様子だった。

「どうした、おちびさん？」

「レット、あたしのこと愛してる？」

兄はローズマリーの頬にそっと触れた。「ああ、命を引き換えにしてもいいくらいに」


レットがフィッシャー家を訪ねたことは、当然のことながら、ラングストンの耳にも入り、ローズマリーはブロートン農園に連れ戻された。

一月後《ひとつき》、ローズマリーは真夜中過ぎに馬車が車寄せに乗り入れる音で目を覚ました。フィッシャー家の馬車だった。まもなく寝室にシャーロットが駆けこんできて、寝ぼけ眼《まなこ》のローズマリーを抱き締めた。「ああ、ローズマリー。こんなことになるなんて」

そしてローズマリーは、兄が夜明けに決闘をすることになった、相手は昔ヨタカの頭を銃で吹き飛ばしたあのシャド・ワットリングだと聞かされた。

あっという間に日の出を迎えた。かなたの空に銃声が響き渡ると、レットの母親は客間の窓に駆け寄り、この距離からでは何も見えやしないだろうに、懸命に目を凝らした。

「きっと猟師だよ」レットの弟のジュリアンが言った。「リョコウバトでも撃ってるんだろう」

ドクター・ウォードの妻ユーラリーがそうねというようにうなずく。

シャーロットの温かな手がローズマリーの冷えきった手を探し当て、しっかりと握り締めた。

青白い頬を紅潮させて、エリザベス・バトラーは鈴を鳴らして召使いを呼んだ。

「軽い食事を用意してちょうだい」

ローズマリーはまぶたに赤い点がちかちかするほどきつく目を閉じると、心のなかで祈った。神様、どうか兄さんをお守りください。お願いです、神様。レットが無事でありますように！

ローズマリーとシャーロットは、広い寒々とした客間の隅に置かれたふたり掛けソファの弧を描く肘掛けの陰にうずくまり、教会にもぐりこんだネズミのように息をひそめていた。

コンスタンス・ヴェナブル・フィッシャーがひとつ咳払いをして口を開いた。「ラングストンはなんだってわざわざこんなときに帳簿つけなぞしてるのかしらね！」グランマ・フィッシャーは不満げに顎をしゃくった。その義憤は、客間のドアを飛び出していって廊下を走り、大階段を降りて応接室を駆け抜け、ラングストンの仕事部屋まで届きそうだった。

ジュリアンが答えた。「父は習慣を変えたがらないたちなんです。土曜の朝一番は帳簿の整理と決まってるんですよ」

未婚女性としての立場をわきまえ、硬いまっすぐな背もたれのついた椅子を選んで座ったジュリエット・ラヴァネルが意見を述べた。「殿方は習慣をかたくなに守り通すことで内心の不安を押し隠すものですわ。きっとミスター・バトラーも――」

「馬鹿馬鹿しい！」コンスタンス・フィッシャーはあっさりと切り捨てた。「ラングストン・バトラーはブタみたいに頑固なだけです」

ブロートンの家奴《かど》アンクル・ソロモンが紅茶と皿いっぱいに盛ったジンジャークッキーを運んできた。ふだん、この屋敷の料理女がジンジャークッキーを焼くのは、レース・ウィーク中だけだった。ミセス・バトラーがシェリー酒を頼むと、ソロモンはこう応じた。「しかし奥様、まだ夜も明けきらねえのにですか。いましがた陽が昇ったばかりですよ」

「いいからシェリーを持ってきてちょうだい」ミセス・バトラーは言い渡した。ソロモンが当てつけがましく音を立ててドアを閉めて出ていくと、ミセス・バトラーは不満を漏らした。「夫の言うとおりだわ。〝ちょっと優しくすると黒人はすぐにつけあがる〟のです」

「合衆国憲法に奴隷制度を残すためにバトラー家のみなさんがどれほどの貢献をしたか、みなちゃんと覚えておりますわ」ジュリエットがミセス・バトラーの自尊心をちょいとつつく。いつものことだった。

ミセス・バトラーはこの餌にまんまと食いついた。「そうね、ジュリエット。

敬愛する叔父のミドルトンがサウスカロライナ州の代議員団を率いて連邦議会に……」

「エリザベス」コンスタンス・フィッシャーが優しくさえぎった。「ええ、ええ、その話はみんな知ってますよ。レットはミドルトンには似ても似つかないけれどね。あの子はお祖父《じい》様のルイ・ヴァレンタインに似たようだから」

ミセス・バトラーは息を呑んで口もとに手を当てた。「その名前はおっしゃらないで。ラングストンは父親の名を決して口にしようとしないのです」

「おやまあ、それはまたどうして？」グランマ・フィッシャーは朗らかに訊き返した。「アメリカは新しい国ですよ。血塗られたお金も、次の世代に引き継がれれば、きれいに洗われたも同然でしょう」

ブロートンはかつてインドアイを産する農園だったが利益は上がらず、相続した兄弟はそれでは食べていくことができなかった。そこでルイ・ヴァレンタイン・バトラーはニューオリンズに出て、フランス人海賊のジャン・ラフィットと生涯にわたって親しくつきあった。一方のミドルトン・バトラーは奴隷貿易を始めた。

アフリカ人を輸入して巨富を得たものは大勢いたが、ミドルトンが雇った船長たちは病弱な黒人を高額で仕入れてしまった。中間航路の長旅をどうにか生きて終えた者も安く買い叩かれた。死んだ黒人を沖に捨てるようチャールストンの議会から命じられたのを機に、ミドルトンは業界から身を引いた。ほどなくチャールストンの紳士階級が安息日に散歩を楽しむウエストポイントの海岸に黒人たちの死体が次々と打ち上げられた。

独立戦争がアメリカの勝利で集結するまでひたすら中立の立場を貫いたおかげで、ミドルトンは反独立派から没収された土地を三〇〇エーカー手に入れることができた。その後、フィラデルフィアの議会に代議員として出席したミドルトンの尽力により、新しく制定された憲法に奴隷制が残されることとなった。

一八一〇年、ルイ・ヴァレンタイン・バトラーは銀を積んでいたスペイン船〈メルカートト〉号をメキシコのタンピコ沖で捕らえ、ブロートンに優良な稲田を一〇〇〇エーカー購入した。息子ラングストンは父親と大喧嘩をして家を出ていき、独身の叔父ミドルトンの厄介になった。ルイ・ヴァレンタインはさらに二〇〇〇エーカーの土地を買い足した。その元手はテキサスの海岸で奪った戦利品だった（襲ったのはスペインやメキシコの船だと本人は言明していたものの、それらの船にはアメリカの国旗がはためいていたという噂はなかなか消えなかった）。

歴代の農園監督は、ミドルトンが所有するチャールストンの豪邸を維持するための苦労と犠牲を押しつけられた。

一八二五年のよく晴れた日、ルイ・ヴァレンタインは〈チャールストンの誇り〉号でガルベストンを出港した。そしてそれきり帰らなかった。同じ年、ミドルトン・バトラーの債権者一同はルイ・ヴァレンタインの葬儀に参列して愛国心にあふれた紳士に敬意を表す一方で、後継者ラングストン・バトラーから債権を回収せんと試みた。ラングストンは二百人の奴隷を売った金で借金を返済し、十五歳のエリザベス・カーショーと結婚した。エリザベスは信心深いが平凡な容姿の娘として知られていた。

初子レット・カーショー・バトラーは生まれたとき、自分の頭を覆っていた羊膜を握り締めていた。ブロートンの呪術師たちは、それはひじょうに珍しい強力な前兆だと口をそろえたものの、縁起がいいのか悪いのかについてははっきりさせようとしなかった。

アフリカ人の奴隷貿易は二十年前に違法とされていたが、たまに奴隷船がチャールストンの港に入港することがあり、ラングストン・バトラーはアンゴラ人やコロマンティ族、ガンビア人、イボ族の奴隷を積極的に買った。アフリカ沿岸地方の民族は暑さに強いうえ、稲作を熟知しているからだ。ラングストンが二〇〇〇エーカーをラヴァネル大佐から買い取るに至って（大佐は妻の死でふさぎこんでおり、自分の有利に商談を進める気力さえ失っていた）、現在のブロートン大農園が完成した。

ラングストン・バトラーはアシュレー川農業組合を創設した。さまざまな品種を試した結果、スーンチャーチャーパディ種という、籾殻が取りやすくふっくらとした米が収穫できるアフリカ原産のものを選んだ。ウェイド・ハンプトンからカロライナ州議会議員への立候補を勧められたのを機に、ラングストン・バトラーはローカントリーでもっとも裕福な層が集まる、もっとも審査の厳しい社交クラブに入会した。

レットの決闘が行なわれた朝、婦人たちはシェリー酒を、ラングストンの下の息子ジュリアンは紅茶を飲んでいた。ソロモンがうっかりシェリー酒を注ぎ足すのを忘れると、コンスタンス・フィッシャーは苛立たしげにグラスを叩いた。

ソファの陰に隠れるようにしていたシャーロットは、ジンジャークッキーの香りが漂っていることに気づいた。甘い香りが鼻の奥をくすぐっている。ひとつ溜息をついて、クッキーのことを頭から追い出そうとする。ローズマリーのお兄さんが怪我をするか、へたをしたら死んでしまうかもしれないというときに、クッキーのことなど考えていていいはずがない。シャーロットは大人の知恵というものに純然たる敬意を抱いていた。何といっても、大人は経験豊かだから大人なのだ。ただ、レット・バトラーの件に関しては、大人の判断は当てにならないと思った。

「ベル・ワットリングは美人だものね」お世辞にも美人とは言えないジュリエットが意見を述べた。「田舎者にしては、ですけど」

エリザベス・バトラーは頭を振って言った。「あの娘《こ》にはお父様も手を焼いてらっしゃるわ」ラングストンが留守のあいだ、エリザベスはワットリング一家とともに日曜の祈りを捧げる。あの質素な農家を訪れると、何となく心が落ち着いた。エリザベスもかつてはその家に暮らし、未来に希望を――花嫁が抱きがちな浮ついた夢を抱いていた。アイザイア・ワットリングの熱心で揺るぎない信仰心は、エリザベスに慰めを与えた。

「今回の決闘の場は――川岸の美しい場所なの。サルオガセモドキがからみついたカシの林があるところ。結婚したとき、いつかそこでラングストンとピクニックがしたいと思ったものよ。とても楽しい時間を過ごせたはず」ミセス・バトラーはそう言って目を伏せた。「まあ、とりとめのないことをお話ししてしまって。ごめんなさいね」背の高い置時計を確かめる。静かに時を刻む文字盤の上では、金色の下弦の月がエメラルド色の海にゆっくりと沈んでいこうとしていた。ミセス・バトラーはまた鈴を鳴らしてソロモンを呼んだ。ねえ、この時計のねじはきちんと巻いてる？　針をいじって遅らせたりはしてない？

「いいえ、奥さま」ソロモンは唇を舐めた。「毎週日曜にかならず巻いてますよ。いま巻いときましょうか」

ミセス・バトラーは力なく手を振ってソロモンを下がらせた。「謝罪ひとつですむでしょうに……誰もレットがあんな娘と結婚するだなんて思ってもいないはずですもの」

「それは素晴らしい考えですわ！　謝罪というのは！」ミス・ラヴァネルが大げさに合いの手を入れる。

「兄さんは謝ったりしない！」唐突にローズマリーの声が響いて、大人たちをぎょっとさせた。少女たちがいることなど、すっかり忘れていたからだ。「シャド・ワットリングは弱い者いじめの嘘つきよ！　レットがそんな奴に謝るわけがない」頬がかっと熱くなったが、いま言ったことを取り消すつもりにはならなかった。一言たりとも取り消してなるものか！　思慮深いシャーロットがローズマリーの足首をそっとつかんだが、ローズマリーはその手を振り払った。

「レットはチャールストンが大嫌いでした」ミセス・バトラーの目は落ち着かな

い様子であちこち動き回っている。「ワニは噛みつく前に少なくとも歯を見せて威嚇するけれど、チャールストンっ子は前触れなしでいきなりがぶりだからな、なんて言ったりして」

「レットはお祖父様似なんですよ」コンスタンス・フィッシャーが繰り返す。「あの真っ黒な髪、いつも笑っているみたいな黒い目」昔を思い出しているような声だった。「ああ、あの人は本当にダンスが上手だった」

「あの娘がどこか遠くに行ってくれたらいいのに！」ミセス・バトラーは叫ぶように言った。「ミズーリに親戚がいるんでしょう？」

ミズーリには私生児が多いと聞きますわね、とミス・ラヴァネルが決めつけるように言った。あのテキサスよりも多いんじゃないかしら。

ジュリアンは自分の腕時計と置時計を見比べたあと、置時計の針を遅らせた。

「どうせ銃声なんか聞こえやしませんよ。ここからじゃ遠すぎる」

ミセス・バトラーが息を呑む。

「ジュリアン」コンスタンス・フィッシャーがいさめるように言った。「お兄さんがならず者だとしたら、あなたはお馬鹿さんですよ」

ジュリアンは肩をすくめた。「レットが妙な気を起こしたせいでうちは大騒ぎだ。使用人までそろって浮かない顔してるし。このクッキーにしたって、大事なお客様をお迎えするために焼いたんだと思って」――ここで一同にうなずいてみせる――「料理女を褒めたんですよ。そしたら、『いやいや、ジュリアン様。これはレット様に焼いたです。決闘から帰ったら召し上がっていただこうと思って』ときた」

シャーロットが小声でささやいた。「ローズマリー、もう何も言っちゃだめよ。あたしたちは何もわからないふりをしてなくちゃ」それから、切なそうにこう付け加えた。「ジンジャークッキーは食べたいけど」

大きな置時計がかちりと音を立てた。

ジュリアンが咳払いをした。「ミセス・ウォード、僕はサヴァナの旧家にはあまり詳しくなくて。あなたはロビヤール家の出でいらっしゃいましたよね？」

するとミス・ラヴァネルがどこかで耳にした噂話を思い出したらしく言った。

「ロビヤール家のどなたかが、不幸な結婚をぎりぎりのところで取りやめたことがあったとか――お相手はいとこでしたか」

「いとこのフィリップです。妹のエレンはフィリップを立派な男性だと思いこんでいました」ユーラリー・ウォードはくすくすと笑った（この時点でシェリー酒を三杯空けていた）。「ライオンだって立派だといえば立派ですわよね――ただ、人を食うこともあるわけで」

ミス・ラヴァネルは詳細を思い出したらしい。「ロビヤール家はフィリップを勘当して、エレンをアイルランド系の小売商人と結婚させたのではなかったかしら」

ウォード夫人は家名を貶《おとし》められまいと反論した。「エレンの結婚相手は実業家として成功しています。エレンとミスター・ジェラルド・オハラはジョーンズボロの近くに綿花の大農園を所有していますの。通称タラと言いましてね」そこでいくらか軽蔑したように鼻を鳴らした。「オハラ一家のアイルランドの地所の名をもらったとかで」

「ジョーンズボロは……ジョージア州でしたかしら」ミス・ラヴァネルがあくび

をかみ殺しながら尋ねた。

「ええ。エレンが手紙に書いてよこしたところによると、娘のスカーレットはロビヤール家の血を完璧に受け継いでいるそうですよ」

「スカーレット？　珍しいお名前ですのね。スカーレット・オハラ——アイルランドの方の考えることといったら、ねえ？」

ジュリアンが背中で手を組んで言った。「そろそろ決着がついたころですね」

エリザベス・バトラーがやけに明るい声で言った。「きっと和解が成立して、ふたり仲よくミスター・ターナーの酒場にでも行ったのよ」

コンスタンス・フィッシャーが言った。「ジュリアン。帳簿つけが終わったら、お父さまもここにいらっしゃるんでしょうね」

「ラングストン・バトラーの仕事には終わりがないんですよ」ジュリアンは歌うように答えた。「一万四千エーカーの土地に三百五十人の黒人、六十頭の馬。そのうちの五頭は優秀なサラブレッドですし……」

「でも息子はふたりだけでしょう」コンスタンス・フィッシャーはぴしゃりと言っ

た。「そのうちのひとりが撃たれて死にかけてるかもしれないんですよ」

エリザベス・バトラーは不安げに手を口もとに持っていった。「レットはミスター・ターナーの酒場にいるはずです」ささやくような声だった。「そうに決まってます」

ひづめの音が聞こえるいなや、ローズマリーは窓際に駆け寄って窓を大きく開け放った。湿った空気が流れこむ。ローズマリーは背伸びをして窓から上半身を乗り出した。「テカムセよ！」大声を上げる。「テカムセのギャロップの音はすぐにわかるの。ほら、ママ！　聞こえる？　レットが帰ってきたのよ。絶対にレットだわ！　だって、あれはテカムセのひづめの音だもの！」

ローズマリーは客間を飛び出すと、幅の広い階段を駆け下り、父親の事務室の前を通り過ぎて玄関を抜けると、牡蠣殻を敷き詰めた車寄せに出た。ちょうどレットが泡汗まみれのテカムセの手綱を引いて止まらせたところだった。ソロモンが満面の笑みでテカムセの馬勒《ばろく》を受け取った。「レット様。ご無事で何よりです。

黒人どもはみな大喜びしてます」

　レットは馬から降りると妹を抱き上げ、息もできないほどきつく抱き締めた。

「怖かったろう。ごめんよ、おちびさん。きみを怖がらせるなんて最低の兄さんだな」

「レット、怪我してるじゃないの！」

　シャツの左袖がぶらぶらしていた。レットの左腕は黒いフロックコートの内側にだらりと下がっている。

「弾は骨までは達してない。明け方の川岸は風が強いんだよ。ワットリングはそのことを計算に入れなかったのさ」

「怖かった。もしレットがいなくなったら、あたし、どうしたらいいのか」

「こうしてちゃんと帰ってきたろう。若くして死ぬのは善人だけだ」レットは妹を下ろすと、そっと押しやり、永遠に記憶に刻みつけておこうとするかのようにじっと見つめた。黒い瞳はいかにも悲しげだった。「さあ、一緒においで、ローズマリー」

ローズマリーは兄の言葉の意味を一瞬勘違いした。ふたりでこの退屈な家を出ていこうと誘われたと思ったのだ。テカムセの背からさよならと手を振って、兄とふたりで飛ぶようにどこか遠くに行くのだと。

ローズマリーは兄のあとを追い、家の前面の誰もいない細長いポーチに上った。レットはいいほうの腕を彼女のほっそりとした肩に回して向きを変えさせた。そこからは一家が所有する世界が一目で見渡せた。陽射しのなかできらめく長方形に仕切られた稲田、そこで歌を歌いながら泥灰土をならしている黒人たち。何と歌っているのかまでは聞き取れなかったが、甘く哀愁を帯びた調子なのはわかる。アシュレーー川が描く弧が、ブロートンの主水路の輪郭を際立たせている。その水路をたどって、ひとりの男が、東の田へと——アイザイア・ワットリングのもとへと馬を走らせていた。

「悪い知らせは一番速い馬に乗って届けられる」レットが静かに言った。それから、短い沈黙をおいて、こう続けた。「この農園の美しさは生涯忘れない」

「あの……シャド・ワットリングは……」

「そうだ」レットはそれだけ答えた。

「悲しいの？」ローズマリーは尋ねた。「シャドはひどい人間だったのよ。だから兄さんが悲しむことないわ」

レットは微笑んだ。「妹よ、きみは優しいな」


ミセス・バトラーと客人一同が客間で待っていた。

息子のシャツに腕が通されていないのを見ると、エリザベス・バトラーはひっと息を呑み、いまにも気絶しそうに白目をむいた。ジュリアンが手を貸して長椅子に座らせた。「母さん、しっかり」

ユーラリー・ウォードは目を見開いている。「フランクリンは？」叫ぶようにそう尋ねた。

「ご主人なら無事ですよ。少々酔っ払ってはいらしたようですが。善良なドクター・ウォードは、この類のことはあまりお得意ではないようですね」

そのとき、一冊の帳簿を手に、ラングストン・バトラーが事務室から現れた。

脇目も振らずに書棚に近づき、ほかの帳簿が並ぶなかにその一冊を押しこむ。

それから振り向くと、上の息子にちらりと目をやった。「ほう、疫病神が帰ってきたらしいな」そして家庭用の大型聖書を取ると、一六〇七年にその聖書が印刷されて以来のバトラー家の誕生、結婚、死が記録されたページを開いた。チョッキから銀の小型ナイフを取り出し、艶やかなクルミ材の書見台に羽根ペンを押しつけてペン先を手早く削り始めたが、力が入りすぎて、書見台の表面にまで傷がついた。

ラングストン・バトラーは震える手で聖書の記録をめくった。「我がバトラー家の者は代々、愛国者、貞淑な妻、忠実な子、善良な市民であることを誇りとしてきた。しかし、その血筋にはたまに心根のねじ曲がった者が混じる。その結果、ここにも記されているように、私自身の父も含め、何人かは絞首刑に値する罪を犯した」ラングストンはグランマ・フィッシャーをひとにらみし、抗議をあらかじめ封じておいて続けた。「そしていま、我が一家は不孝者に悩まされている。反抗的で生意気な青二才だ。その親は恥ずかしくない振る舞いをと切に求めたが、不孝者は聞き入れなかった」

　エリザベス・バトラーはすすり泣いている。ジュリアンは咳を押し殺した。

「万策尽きて、親は息子を士官学校へ入学させた。ところが、名だたる厳格な学校でさえ、息子を矯正することはできなかった。バトラー士官候補生は放校処分となってローカントリーに帰ってきた。そこで放蕩《ほうとう》のかぎりを尽くし、しまいには下層階級の娘を孕《はら》ませた。おまえはワットリングに和解金を提示したのか」

「父さん、あなたは裕福な農園主ですが、俺は違います」

「そもそもなぜシャド・ワットリングに決闘など申しこんだ？」

「俺のことで嘘を言ったからです」

　ラングストンはその答えを払いのけるような手つきをした。「で、ワットリングは死んだのか」

「あいつが悪さをすることは二度とありません」

　ラングストンは慎重な手つきでペンを動かして、聖書に記入された息子の名を線で消した。インク壷に蓋をし、ペン先を拭い、ペンを置く。

それから無言で家族を客間の大きな扉から追い立て、家族の居間へ行かせた。ローズマリーもジュリアンに手をつかまれ、それを振り払う間もなく引っ張っていかれた。

ラングストンはクルミ材の扉を閉めると、その扉に背を当ててよりかかった。父と子のあいだで空気が揺らめいた。「おまえはもうバトラー家とは何の関係もないのだ。さあ、この家を出て好きなところへ行くといい」

第３章

「愛するレット兄さん……」

それから数年にわたり、ローズマリーはけなげにも兄に手紙を書き送り続けた。ジャックと名づけられた白黒まだらのポニーは、よく人になつく賢い馬だということも書いた。ローズマリーはどこに出かけるにもジャックに乗っていった。「母さんは、まるでワイルド・インディアンみたいねって。兄さんは本物のインディアンに会ったことある？　ジャンプしてって頼むと、ジャックは頭を振って目をむいて、耳をぺたんと伏せるのよ。きっと侮辱されたと勘違いしてるのね！」

ジャックがミズヘビに噛まれたとき、ローズマリーはヘラクレスと一緒に瀕死のジャックに朝まで付き添った。そのことを書いた筆跡はしっかりしていたが、便箋には涙の染みが点々とついていた。

ふたたびフィッシャー家で暮らすようになると、ローズマリーはそこでの様子も書き綴った。

「シャーロットは絶対に他人を悪く言わないの。お兄さんのジェイミーはわざと意地悪してるわけじゃないと思う。でも、友だちがみんなずる賢くて無茶ばかりしてるから、ジェイミーも合わせなくちゃならないのね。いつだったか、シャーロットと私が朝ごはんを食べてるところにジェイミーが帰ってきたの。そのときの服の汚ないことといったら！　足もとは危なっかしいし、ひどいにおいをさせてた！　シャーロットがそれとなくとがめたら、ジェイミーはシャーロットのことを〝おせっかいな小娘〟呼ばわりしたのよ。シャーロットはそれきりジェイミーと口をきこうとしなかった。ジェイミーは何日も何日も平気なふりをしてたけど、ついに降参して謝ったんだから！　シャーロットはグランマ・フィッシャーにほんとそっくり――あんないい友だちはほかにいないけど、頑固すぎるわ！

ジェイミーはね、あんなふうに悪ぶってみせてるけど、ほんとは優しい人なのよ。友だちと一緒じゃないときには、いろいろおもしろい話を聞かせてくれるの。なかには作り話もあるけれど。ジェイミーは馬が大好きなのよ。あんなに上手に馬を扱う人はほかに見たことがないわ。ヘラクレスがジェイミーにジェロに乗ってもいいって言ったくらい。パパが知ったらかんかんになるでしょうね！　ジェロのことは前に書いたかしら？　ヘラクレスに言わせると、ジェロはローカントリー一足の速いサラブレッドなの。

ジェイミーの友だちっていうのは、アンドリュー・ラヴァネル、ヘンリー・カーショー、エドガー・パーヤー。この人たちって、兄さんの友だちでもあったのよね。ジェイミーは、ジョン・ヘインズは〝若年寄〟って馬鹿にしてるけど、グランマ・フィッシャーに聞こえるところでは絶対にジョンの悪口を言わないのよ！

そうそう、ときどきジョンに兄さんから連絡はないかって訊かれるけれど、残念ながら手紙ひとつ来ないって答えるしかないわ！

もうちょっと大人だったら、兄さんと一緒にはるばるエジプトまで旅してみたい。ぜひともピラミッドを見たいもの。兄さんは見たことある？」

ローズマリーはイエス様は幼い子どもを愛してくださっていると信じるのと同じように、奴隷制度廃止論者は邪な人々であり、北部人《ヤンキー》はたとえローズマリー自身と似た年ごろの子どもであっても、南部人を憎み、怖がっていると堅く信じていた。大人たちが政治について口角泡を飛ばして論じていることや、友情が結ばれるか壊れるかは遠く離れた場所で開かれている連邦議会でほかの大人たちが話し合っていることに左右されるということを経験から知っていた。

ローズマリーが十歳のとき、〝一八五〇年の妥協〟が成立し、実施拒否権主張者と連邦主義者のあいだに一時的な和平が訪れた。レットを連れ戻して以来、キャスカート・パーヤーとは口もきこうとしなかったラングストン・バトラーも、クイーン通りでパーヤーを見かけると、挨拶がわりに軽くうなずいてみせた。

ストウ夫人の『アンクル・トムの小屋』が出版されると、チャールストンの人々はこぞって悪書だと非難した。グランマ・フィッシャーは、ローズマリーとシャーロットに、あの本はあなたたちが読むには簡単すぎるよと言った。

「子どもが読む本は簡単なほうがいいんじゃない？」ローズマリーは、話題の本を読みたくてしかたがなかった。

「この場合の簡単というのは、程度が低いという意味ですよ」グランマ・フィッシャーは不満げにつぶやいた。

次の手紙で、ローズマリーはレットにこの本をもう読んだかと尋ねた。

短い政治的和平は、ローズマリーが十四歳の年に終焉を迎え、議会はカンザス・ネブラスカ法を可決した。西部では、奴隷の所有者と奴隷制度廃止論者が殺し合いをしていた。

このころから、ローズマリーは結婚相手にふさわしい年ごろのチャールストンの独身男性たちを、それまで以上の関心をもって観察するようになった。「アンドリュー・ラヴァネルは、カードでいかさまをしたってエドガー・アラン・パーヤーに責められて決闘を申しこんだのよ」とローズマリーは手紙に書いた。「そのまま決闘になるんだとばかりみんな思ってたけれど、エドガーが謝ったものから、みんな今度はエドガーを臆病者だと言ってるの。ジェイミー・フィッシャーによれば、アンドリューの乗馬姿は〝美しい〟そうよ。〝美しい〟男の人なんて、兄さんはいると思う？

ヘンリー・カーショーは解放奴隷の仕立屋さんを店の前でステッキで打ったの。支払いが遅れてるって催促されたからですって。その傷がもとで、仕立屋さんは亡くなったわ（父さんたら、〝金じゃなく、杖で報いてもらったわけだな〟なんて冗談を言ったのよ！）」

彼女はまた、ヘインズ議員の葬儀の様子も書き記した。大勢の弔問客がクイーン通りとホワイトポイントのあいだのミーティング通りをぎっしりと埋め尽くした。「ジョン・ヘインズからまた兄さんのことを訊かれました。兄さんの消息を答えられたら、私もうれしいのに！

ウエストポイントから帰って初めて私に会いに来てくれた日のこと、覚えてる？　私はまだほんの子どもだったから、兄さんがものすごく背が高く見えたわ！　船で海に出たりしたわね。

先週の土曜日、ジェロがミスター・キャンディの馬のプラネットと、ラヴァネル大佐のチャプルタペックと競走して勝ったのよ。ヘラクレスはすっかり自分の手柄みたいな顔して、〝自分の〟勝利を祝ってかご一杯のシャンパンを注文しようとしたの！〝白人の紳士方に振舞いたかった〟んですって。まったく、何を考えてるのかしら。父さんはヘラクレスをブロートンに帰らせたわ。〝礼儀作法を一から勉強し直してこい〟って」

ローズマリーはレットにこう請け合った。「母さんは兄さんを愛してるの！そばにいればわかるわ！」これは憶測にすぎなかった。とはいえ、息子が行方知れずになって以来、レットの名がちらりとでも話題に出ようものなら、エリザベス・バトラーはかならずわっと泣き出してしまうのだから、ローズマリーのこの憶測は決して的外れではなかっただろう。

カンザスで相次いだ奴隷制度廃止論者による殺人事件は、遠くチャールストンにまで影響を及ぼし、チャールストンの人々が長年維持してきた人間関係を混乱に陥れた。いとこ同士でさえ口を利かなくなった。かつてチャールストンでは伝統的に、急進思想は空想家と同じく賞賛されるべきものと見なされていた。グランマ・フィッシャーはラングストンと考えをともにする人々が連邦主義者キャスカート・パーヤーを聖セシリア協会から除名したりしないよう根回しをした。これを受けて、ラングストンは十五歳のローズマリーをふたたびフィッシャー家から連れ戻した。

これ以降、ローズマリーがシャーロットやジェイミーに会う機会は社交的な集まりに限られた。ローズマリーは手紙にこう書いた。「ジェイミーとアンドリュー・ラヴァネルのお姉さんのジュリエットは親友になったの。ふたりはお互い毒舌に磨きをかけて、哀れな犠牲者を待ち構えてるわ」

また、アンドリューがメアリー・ローリングの心をあっというまに奪ったことも報告した。誰もがふたりは婚約するものと思ったが、下世話な噂によれば、メアリーは何の説明もないままサウスカロライナ州のスプリットロックに行ってしまったらしい。アンドリューは目下、シンシア・ピーターソンに求愛中だ。

「私付きのメイドのクレオは一生懸命やってくれてるけれど、些細なことですぐ大騒ぎしちゃうの。それにうるさいほどおしゃべりなのよ！

元気なスーディーは覚えてる？　あのスーディーがヘラクレスと一緒になってね、赤ちゃんが生まれたのよ！　ヘラクレスはもう自慢で自慢でしかたがないみたい。兄さんによろしくですって！」

そして手紙の最後をこう締めくくった。「お願いだから返事をください。兄さんに会いたい。いまどこでどうしてるのか知りたいの。愛する妹ローズマリーより」

手紙の宛先は、いつもヘラクレスが教えた。

なぜレットの居場所を知っているのかと訊くと、ヘラクレスは笑って答えた。「ローズマリー様、馬は馬同士、話をするんだ。ご存知なかったかね？　馬は行く先々でおしゃべりをしてんですよ。あたしは日が暮れると馬屋に忍びこんで、耳を澄ますんです」

それでローズマリーは言われたとおりに〝カリフォルニア準州サンフランシスコ、レット・バトラー様〟とか〝ルイジアナ州ニューオーリンズ局留め、レット・

バトラー様〟とかと宛先に書いた。手紙は丁寧に封をしたうえで切手をしっかりと貼りつける。「アンクル・ソロモン、今日のうちに忘れずに投函してね」「へえ、かならず」ソロモンはそう返事をするものの、なぜなのか、ローズマリーが手紙を預けるたびに老家奴《かど》の態度はぎこちなくなった。

兄から返事が来ることは一度もなかった。年を追うごとに、ローズマリーが手紙を書く回数は減っていった。週一度の手紙は二週に一度に、やがて月に一度になった。

ローズマリーからレット宛ての最後の手紙は、ジョッキー・クラブの舞踏会でチャールストンの社交界にデビューする前の日に書かれた。十六歳のローズマリーは、誰も自分のダンスカードに名前を書きこまないのではないかとか、白のサテンのドレスはいくらか幼すぎるのではないかといった不安をその手紙のなかで打ち明けた。

クレオはいつものように大騒ぎをしていた。「ほらほら、そんなもの書くのはやめて早くドレスをお召しになって、お嬢さま。さもないといつまでも出かけられないです」ローズマリーはメイドを耳を貸さずに庭に出た。ヘラクレスがジェロの手入れをしていた。

ローズマリーが何の前置きもなくこう言った。「兄さんに手紙を書いても無駄ね。きっともう死んでるのよ」

「いいや、お嬢様、レット様はちゃんと生きておいでですよ」

ローズマリーは怒ったように両手を腰に当てた。「どうしてわかるの？」

「馬ですよ。馬のおしゃべり――」

ローズマリーはいらいらと足を踏み鳴らした。「ヘラクレス！　私はもう子どもじゃないのよ」

「たしかにそうだ、お嬢様」ヘラクレスは溜息をついた。「あたしにもそれくらいのこたあわかってますよ」ローズマリーが靴音も高く屋敷に戻っていくと、ヘラクレスはジェロの手入れを再開した。「気にするな、ジェロ。ローズマリー様は舞踏会のせいで気が立ってらっしゃるんだよ。若い紳士方に声をかけられなかったらどうしようって心配してらっしゃるだけだ」

ローズマリーは手紙をこう締めくくった。「途中で迷子になってしまった手紙もあったかもしれないけれど、そうではないものはちゃんと受け取ってるはずでしょう。なのに返事をくれないなんて、ひどすぎるわ。兄さんがいまどこにいるのか、何をしてるのか、ぜひ知りたかった。これからもずっと兄さんのことを愛してるけれど、兄さんには返事をくれる気がまったくないみたいだから、手紙を書くのはこれで最後にします」

ローズマリーは自分の言ったことはかならず守る。社交界デビューは大成功をおさめ、アンドリュー・ラヴァネルは無礼なほどべたべたまつわりついてローズマリーを四度もワルツに誘ったが、そのことをレットに手紙で知らせることはなかった。休憩時間にグランマ・フィッシャーに「ジョン・ヘインズはあんたにすっかりのぼせてるようだね。ジョンほど理想的な相手はそうは見つからないよ」と言われたことも。

このとき、ローズマリーはつんと顎を上げ「でも、ジョン・ヘインズは馬にもろくすっぽ乗れないのよ。よく怪我せずにいるものだって感心してしまうくらい」

と言い返した。

「だけど、アンドリュー・ラヴァネルは上手に乗れるからいいとでも？」

「アンドリューはチャールストン一の美男子よ。女の子はみんなアンドリューの愛を勝ち取ろうとしてるわ」

「本物の愛を勝ち取るのならいいけどね、ローズマリー。ミスター・ラヴァネルのお仲間たちは、女の子は狩りの記念品程度にしか思ってないようだよ」グランマ・フィッシャーはそう言った。

第4章　レース・ウィーク

南北戦争が始まる三年前、レットがローカントリーを去って丸九年が過ぎた二月の午後、ローズマリー・バトラーは不機嫌な顔で姿見をながめていた。背は高すぎるし、上半身はみっともないくらい長い。ありふれた赤褐色の巻き毛は真ん中で分けていた。目鼻立ちがはっきりしすぎているし、唇も厚すぎる――ローズマリーにはそう思えてならなかった。取り柄と言ってよさそうなのは、誠実そうな灰色の瞳くらいのものだった。ローズマリーは鏡に向かって舌を突き出した。

「あんたなんか、友だちでも何でもないんだからね！」

織り模様の入った光沢のある緑色のコットンのドレスは、レース・ウィークのために新調したものだった。

レース・ウィークはチャールストンの社交シーズンのハイライトだ。米は収穫のあと乾燥させ、脱穀と精米をすませ、売買契約が結ばれて出荷された。黒人たちには年に一度の衣類の支給を受け、クリスマス休暇を楽しんだ。町の屋敷に引き揚げた農園主たちは、朝は前の晩に社交界で起きた珍事について勝手な意見を述べ合い、新たな夜に向けて期待をふくらませる。最新流行の馬車、磨き直されてぴかぴかに蘇った古い馬車が、用もないのにぞろぞろとイーストベイを巡り、ミーティング通りを行き、ふたたびイーストベイへと戻っていく。ジョッキー・クラブや聖セシリア協会主催の舞踏会では、パリの最新ファッション（ロンドンのデザイナーが自分なりの解釈を加えつつ起こした型紙をもとに、チャールストンの解放奴隷のお針子たちが縫い上げたもの）がもてはやされた。北部からの旅行者は、建ち並ぶ豪華な町屋敷や通りにひしめく黒人たち、堂々たる競走馬、美しい南部の令嬢たちにぽかんと見とれている。

クレオが不安げに手を揉み合わせながら、ローズマリーの寝室に飛びこんできた。「お嬢様、お客様がいらしてます」

「すぐ下りていくわ。その紳士を客間にご案内してさしあげて」

「いや、お嬢様、庭で待っててもらいますよ。だって……あの人は紳士と違いますから！」クレオは唇を引き結び、それ以上何の説明も加えようとしなかった。

ギリシャ復興様式のラングストン・バトラー邸に幾つかある客間には、それぞれ彫刻の入った大理石の炉棚があり、壁はニスで艶出しをしたサクラ材の羽目板張りだった。庇のついたベランダが二階部分をぐるりと取り巻いている。

家の裏手に設けられた使用人専用の階段はせまく急で、ペンキも塗られていない。ラングストン・バトラーが催す政治討論会を兼ねたディナーで供される料理を盛った大皿や蓋つきの皿も、山ほどの洗濯したてのリネン類も、この階段を昇って運ばれる。この階段を降りるのは、使用済みのシーツや枕カバー、下着、テーブルクロスだ。各寝室から回収された尿瓶は、とくに慎重に運ばれる。

今年、ブロートンからこの町屋敷に来てバトラー一家に仕えている使用人は十五人だけだった。ソロモン、クレオ、ヘラクレスとスーディー、料理女は台所兼洗濯室の上に個室を与えられている。残りは厩舎の上階の狭苦しい使用人部屋でぎゅう詰めになって眠る。

ふだんなら、日中の庭は騒がしい。使用人たちがものを洗ったり、衣類を洗濯したり、厩舎から汚物を掃き出したり、馬の手入れをしたり大わらわだからだ。しかし今日は、正午のレースにジェロが出走する予定になっているため、全員が競馬場へ出かけていて、庭は無人だった。

「どなたかいらっしゃる？」ローズマリーは声を張り上げた。

厩舎からは車軸に差すグリスや製革用の牛脚油、肥やしのにおいなどが漂っている。馬たちが何事かと馬房の扉の上から顔をのぞかせた。

ローズマリーを訪ねてきた男は何かの包みを携えていた。あまりに大事に抱えているせいで、包みは少しへこんでしまっていた。

「まあ、チュニスじゃないの。チュニス・ボノーよね？」

父親と同じく、チュニスは漁師兼猟師をしていたが、しばらく前からはヘインズ&サン社で水先案内人を務めていた。ローズマリーとは顔見知りではあったが、話をしたことはない。

「チュニス・ボノー……たしか結婚したのよね？」

「はい。去年の九月に。女房のルーシーはプレスコット牧師の一番上の娘です」

縁のある眼鏡とまじめくさった顔つきのせいで、まるで清教徒の学校教師の黒人版といった風情だった。衣服は清潔そのもので、きちんとアイロンもかかっている。かすかに石鹸の香りがしていた。

「これを預かってきました」ボノーは包みをローズマリーに押しつけると、向きを変えて帰ろうとした。

「あ、ちょっと待って、チュニス。お願い。カードがついてないわ。誰から預かったの？」包みを解くと、黄色のシルクの大判スカーフが現れた。手の込んだ黒い縁飾りがついている。「まあすてき。なんて美しいスカーフなの！」

「ええ、美しい品物です」

無垢な乙女はスカーフをふわりと肩にかけた。シルクが優しく肌を愛撫し、ローズマリーはどことなく落ち着かない気持ちになった。「チュニス、どなたからの贈り物なの？」

「ミス・ローズマリー。俺だってラングストンの旦那様ににらまれたくありませんから」

「ひょっとして……アンドリュー・ラヴァネル？」

「いや、アンドリュー・ラヴァネルじゃありません。違います」

ローズマリーは断固たる口調で言った。「教えてくれるまで帰さないから」

するとチュニスは眼鏡を取り、鼻の付け根についた痕をこすった。「贈り主は、手紙がちっとも届いてないらしいと察して、これを俺に預けたんです。フリーポートで会ったときでした。少しも変わってませんでしたよ」チュニスは初めて触れるものを扱うかのように、眼鏡を何度も持ち直している。「俺は〈ジョン・B・エリオット〉号に乗ってました。行きは米と綿花を運んで、帰りはジョージア鉄道で使う機関車の車輪を積んでくるんですよ。一目でわかりましたよ、誰なのか。レット・バトラーは昔とちっとも変わってませんでした」

ふいに胸が詰まった。馬屋の柵につかまって体を支えた。

「ニカラグアの海賊船に乗ってたこともあったようですが、もう足を洗ったと言ってました」

「でも兄さんは……レットは死んだのよ!」

「いいや、とんでもない。レット・バトラーは死んでなどいませんよ。ぴんぴんしてます。どんなときでも人生のおもしろおかしい面を見つけ出すのが得意な男ですから」

「でも……でも……この九年間、手紙ひとつくれなかった」

チュニス・ボノーは眼鏡に息を吹きかけてハンカチで拭いた。「ミス・ローズマリー、レットは手紙を書いてたんですよ。数えきれないくらい何通も」

第5章

瓶のなかの手紙

一八四九年五月十七日
カリフォルニア準州サンフランシスコ
オクシデンタル・ホテル

愛しい妹へ
〈海の栄光〉号から降りてもう六時間もたつというのに、地面はまだ足の下で揺れている。
船長とその息子が自ら舟を漕いで、乗客を陸に送り届けた。〈海の栄光〉号の船員たちを陸に上げたら、金鉱掘りに転身してしまうのではないか、〈海の栄光〉

号もそうやって船員のいなくなった船の一隻になるのではないか、そう恐れたんだろうね。ロング波止場には、見捨てられた船のマストが並んで、さながら枯れた林のようだよ。

波止場町は、食堂や宿屋、娼館や賭博場を探して行き交う人々でにぎわっている。金《ゴールド》があれば買うぞ、あるいは売ってやるぞと誘いをかけてくる山師も多い。どうか食事代を恵んでもらえないだろうかとおずおず懇願してきた男がいてね、見ると身なりのしっかりした紳士だったよ。

南米最南端のホーン岬を経由する航海のあいだ、ずっとカードをやり続けていた。大望を抱いて金鉱を目指す者たちは、もうすぐ金持ちになるつもりでいるわけだから、持ち合わせの現金なんか小馬鹿にしていた。ここでけちったりしたら、輝かしい未来にそれこそけちがつくとばかり、大胆に金を賭けるんだ。おかげさまで、この港に入ったとき、僕の懐には借用書《グラブステーク》の束が収まっていた。彼らがめでたく金を掘り当てたら、その利益の一部をもらえるというわけさ。

いつまで続くのかとうんざりするような長い船旅のあいだに、カリフォルニアの金鉱を目指す男たちは仕事や友人や家族を捨ててまで、何の保証もない未来を追い求める理由を聞かせてくれた。言うことはみな同じだった。自分のためではないそうだよ。自分のためなどではない！　故郷に残してきた妻子のために思い切って人生を賭けたのだ。そう、彼らは家族のために家族を捨ててきたというわけだ！　アメリカの妻や子どもたちは、彼らが金の雨を降らすまでは満足しないのだろうね！

ここはチャールストンとはまるで違っている。サンフランシスコの通りは泥だらけで、歩道から下りようものならたちまち靴を取られてしまう。そして、テントや丸太小屋と、まばゆいばかりに新しい煉瓦造りの建物がごちゃごちゃに並んでいる。

三年前――金鉱が発見される前――サンフランシスコの人口は八百だった。それがいまでは三万六千にふくれあがった。波止場から、町を守るようにそびえる丘まで、新しい建物を造る槌音がこだましている。妹よ、ここでは、帰る場所さえない流れ者までもが成功を手に入れんと躍起になっているよ。

中国人、アイルランド人、イタリア人、コネチカットから来たヤンキー、メキシコ人。新しい町は、新しい人々と新しい希望に沸き立っている。

おまえやローカントリーの友人たちを恋しく思いはしても、僕は決して哀れな追放者ではない。釈放されて、明けたばかりの朝の陽射しを浴びた囚人のような歓喜を味わっている。世界に存在する町はチャールストンだけではないのだよ。そしてそのどれもが住めば都なんだ！

返事をくれるなら、このホテル宛てに送ってほしい。僕宛ての手紙はすべて預かってくれるはずだ。シャーロットやグランマ・フィッシャーがどうしてるか知りたいよ。そして何よりも、おまえが元気でいるかどうか知りたい。愛する妹よ、これまでの人生の何よりもおまえを恋しく思っている。

愛を込めて、レットより

一八五〇年三月十二日

カリフォルニア準州グッドイヤーズ・バー

愛しい妹へ
グッドイヤーズ・バーは言いようのないくらい醜悪な金鉱キャンプだ。丘陵地帯の泥地にあって、丘の中腹に掘った居住用の横穴、テント、窓のない丸太小屋が点在している。ときおり、手押し車一台分の砂から二千ドルも稼ぎ出す幸運な金鉱掘りが現れる。

どんなに裕福な金鉱掘りでも、ものを食わずには生きていけないし、つるはしやシャベルもすり減っていく。常識的な格好をするには（氷点下の夜に備える必要もある）ズボンや靴だって買わなくてはならない。

妹よ、というわけで、僕は商人になった——上流階級のみなさんの暮らしを支える下等な人間の列に加わったのさ。例の〝グラブステーク〟を使って、頑丈な貨物用馬車と丈夫なラバ四頭を手に入れた。カリフォルニアではほかの地の二倍の値段がついていたが、塩漬け牛肉、ウィスキー、小麦粉、シャベル、つるはし、粗布などを買いこんだ。

商品一式を蒸気船に積み、川伝いにサクラメントに向かった。そこで冬が過ぎ、金鉱キャンプのある丘陵地帯へ行く道がどうにか通れるようになる季節をじりじりしながら待った。そして商人となったおまえの兄さんは、深さ一メートルの雪の吹きだまりを掘り分けながら、グッドイヤーズ・バーまで荷物を運んだ。

あれほどの歓迎を受けたのは初めての経験だよ。十月からこっち、金鉱キャンプにはいっさいの物資が届いていなかった。飢え死にしかけていた金鉱掘りたちは、まるで神を崇めるように兄さんを賛美した。

金は腐るほど持っていたのに、それと引き換えに買う品物はなかったというわけだ！　到着して一時間もしないうちに、持っていったものはすべて売り切れた。手もとに残ったのは、拳銃とラバ一頭だけだった。

帰りもまた雪だまりをかき分けて進んだが、背後の用心は怠らなかったよ。守るべき金をしこたま持っていたからね。

こうして儲けた金をルーカス・アンド・ターナー銀行の金庫に預けにいくと、

ふだんは何事にも動じないシャーマン支店長もさすがに驚いたように眉を吊り上げていた。

おまえからの返事は一通も届かない。元気ならいいのだが。どうしているのか、ぜひ知りたいよ。

さて、そろそろ風呂に入って寝るとしよう。

愛を込めて、レットより

一八五〇年九月十七日
カリフォルニア準州サンフランシスコ
セント・フランシス・ホテル
愛しい妹へ
僕がひとかどの人物になったことは、おやじには内緒にしておいてくれ。バトラー商店は、サンフランシスコのユニオンスクエアに二階建ての事務所を構え、ストックトンとサクラメントに倉庫を所有している。

いま会ったら、おまえは兄さんだとは気づかないかもしれないな。ダークスーツに身を包み、洒落た短靴を履いて、品のいい絹のスカーフをした姿を見たら。なんだか、ひどくへんてこな芝居に引っ張り出された役者にでもなった気分だよ。

僕に商才が備わっているのは間違いない――財を成す才能がね。たぶん、金銭を宗教的な意味合いとは無縁の物として見ているからだろうな
金を賭けてカードをすることはなくなった。グッドイヤーズ・バーやボーガス・サンダー、マグファズル（ここは活気に満ちたキャンプではないが、商売にはなる）といった金鉱キャンプに荷馬車で行くと、ポーカーなんてものは割に合わない賭け事にしか思えなくなる。煙草のにおいが染みついた部屋に夜通しじっと座り、酔っ払った愚か者どもから金を巻き上げる必要なんて、いまの僕にはやっていられない。

金鉱掘りたちは欲に目がくらんで正常な判断力を失っている。連中と生命保険

契約を結ぶ保険会社はないだろう。コレラで命を落とす者、酒で命を落とす者、事故で命を落とす者。キャンプは文字どおりの無法地帯だから、口論の決着をつけるのは、決まってつるはしやげんこや銃だ。いま挙げたどれでも死なない者は、自ら命を絶つ。

金鉱堀りは、ローカントリーの上流階級の者たちと同じく、戦うべきときは戦うが、連中の理屈ははるかに正直だよ。ここでは名誉などというたわごとを口走る人間はいない。

カリフォルニアの人間は、故郷を指して〝アメリカでは〟という言いかたをする。〝偉大なる妥協家〟ミスター・クレーが南北双方の主張にうまいこと折り合いをつけて内戦を回避しようと、〝鋳鉄人〟元副大統領ミスター・カルフーンが死去しようと、ここではほとんど話題にもならなかった。

カリフォルニアの人間は行動は早いが、よその土地の者より賢いということはなさそうだよ。

おまえの返事はこれまでのところ一通も届かない。期待して待つのはもうあきらめようと思う。おまえが死んでしまったはずはない——もし死んだなら、きっと直感で僕にもわかるはずだからだ。きっと、手紙を書くことを親父から禁じられているのだろう。

物事は、ブロートンでも、いいほうに向かうかもしれない。それに、おまえに宛てて手紙を書いていると、頭や心が整理される。こうして書いているだけで、おまえの愛を感じるよ。その愛を十倍にして返したい。

おまえの忠実な文通の友　レットより

一八五一年六月十九日
カリフォルニア準州サンフランシスコ
セント・フランシス・ホテル

愛しいローズマリーへ

〝今夜は池のシドニー・ダックが笑っている〟。正直者が物を盗まれたり、暴行されたり、銃で撃たれたりするような犯罪が起きると、この町の機知に富んだ人たちはそんなふうに言う。もともとサンフランシスコは物騒な町だったが、このところ、オーストラリアに流されていた犯罪者が自由の身になって移住して来始めたこともあって、いっそう危険な町になった。

僕は自分の安全についても、商売や御者たちについても心配していない。僕は（なぜなのか不思議でたまらないが）血も涙もない男と思われているからだ。

科学者のニュートンが示したように、あらゆる力にはそれと同じ大きさの力が逆向きに働く。三人の立派な市民から食事に招かれたとき、僕は彼らの動機を疑った。

銀行家のW・T・シャーマンは僕よりも年上で、カマキリそっくりな三角形の顔に、短い顎髭《あごひげ》を生やし、異様なほど大きな目をしている。茶色の目というのは、優しげで、内面をそのまま映し出すものだろう。しかし、シャーマンの目は二かけの石炭のように何も映していない。彼は喘息《ぜんそく》持ちで、あんな顔色の悪い男は見たことがないと誰だって思いそうなほど青白い肌をしている。シャーマン自身も周囲も、長生きは期待していないだろう。

シャーマンは実務家肌の男で、どんな事態にも動じない。

コリス・ハンティントンは、自分のように清廉潔白な人間には他人を萎縮させる権利があると信じている輩のひとりだ。ハンティントンはバトラー商店の商売敵でもあって、何度か激しい議論を戦わせたこともある。

三羽がらすの最年少、ドクター・ライトは、神経質な男で、洒落者ボー・ブランメルみたいにめかしこんで、サンフランシスコに〝太平洋を望むパリ〟という異名を与えたのは自分だと言い張っていた。僕の見たところでは、あの男は自慢くらいしか能がなさそうだ。

その三人と、セント・フランシス・ホテルのなかの人目に触れにくいレストランで食事をした。彼らは型どおりに咳払いをしたり口ごもってみせたりしたあと、ようやく要点を切り出した——自分たちのささやかな自警団に加わらないか。ハンティントンの優雅な説明の言葉を借りれば、〝サンフランシスコ湾のこちら側から泥棒や悪漢どもを吊って一掃する〟ことを目標に掲げているらしい。

ミスター・シャーマンは、街に氾濫する不法行為が商売の邪魔をしていると言った。だからそういった自警の努力が〝どうしても必要〟なのだと力説した。

そこで僕は、必要なものはかならずしも法的、道徳的に正当であるとは限らないことを指摘した。

ハンティントンとライトは本気で腹を立てた。僕も自分たちと同類だと決めつけていたのだろう。やましさなど微塵も感じないまま人殺しができる男だとね。

僕はそのとおりだとも、違うとも答えなかった。

妹よ、僕は決して思慮深い人間ではない。それでも、その晩は、いまの自分はいったい何なのだろうと熟考したよ。私財を守るために泥棒を縛り首にする商人と、反抗的だからといって黒人を死ぬまで鞭で打ち据える農園主。どんな違いがあるというのだ？

考えた末、いずれの人種にもなるまいと心に誓った。僕は縛り首にされるなどごめんだ。だから、絞首刑執行人にもならない。

そして別の地で運を試すことにした。キューバをスペインの支配から解放しようと、義勇兵が集結し始めている。僕に協力できることもあるだろう。もし手紙が書けるようなら、ニューオーリンズの局留めで送ってくれ。そこでなら受け取れる。

悩める兄、レットより

一八五三年五月十四日
ニューオーリンズ
ホテル・セントルイス

親愛なる妹よ、
生粋のチャールストンっ子がこの町に来たら、唖然とするに違いない。ここは実にフランス的だ。ニューオーリンズの市民の頭のなかは――ちなみに善良なカトリック教徒ぞろいだよ――料理と酒、そして愛でいっぱいだ。この順番どおりとは限らないがね。ヴュー・カレという由緒ある地区では、オレンジやレモンの花の香りに混じって、罪の匂いが漂っている。ここでは毎夜、どこかしらで舞踏会が開かれている。正装を要する舞踏会、形式張らない舞踏会、仮面舞踏会。ポケットに銃を忍ばせて出かけたほうがいいような舞踏会もある。カードをやるときは、マクガースやペリッツ、ボストン・クラブに行く。競馬場は四つ、劇場は三つ。それにフレンチ・オペラ・ハウスもある。

ニューオーリンズは海賊どもの母港だ。若いアメリカ人海賊たちは、〝明白な天命《マニフェスト・デスティニー》〟を信条としている。彼らの言う明白な天命とは、自国を守る力のないカリブ海や南米の国を片端から征服して略奪することだ。スペイン人どもを追い払いさえすれば、キューバはアメリカ随一の州になると大半の者が信じている。

僕は連中の遠征に何度か出資した――需要があれば利益が拡大するように、小川のようだった愛国心もいつしか大河に育つ。これまでは、自分を愛国者のひとりに数えようとは一度も考えたことがなかったが。

ニューオーリンズは美しい女たちの町だ。クレオール（フランス系移民の子孫）の淑女たちは教養があって、視野が広く、聡明だ。僕は愛について多くのことを彼女たちから学んだ。愛とは神への思慕に次いで大切な人間の営みだ。

クレオールの恋人、ディディ・ガイエールが僕を愛していることに疑いはない。気も狂わんばかりに僕を愛しているのさ。交際して半年が過ぎ、彼女は結婚を熱心に望んでいる。僕の子を産み、安定とは無縁の僕の運命をともに生きていきたいと言う。ディディは、男なら誰もが望むような女だ。

ただし、僕は彼女を望んでいない。

知り合った当初ディディに感じた魅力は、退屈に変わった。そして、現実にはないものをあると信じるふりを続けている僕自身とディディに対するかすかな軽蔑の念まで芽生えてしまった。

愛する妹よ、愛はときにおそろしく残酷なものなのだ。

同情からディディと一緒にいることはできない。同情は、愛よりも残酷ですらある。

ディディから気持ちが離れれば離れるほど、彼女は必死にすがりついてくる。僕らの問題を完全に解決するには、物理的に距離を置くしかなさそうだ。

あるとき、僕らはナルシソ・ロペスと夕食をとった。ロペスは遠征隊を指揮しているキューバの将軍だ。彼はすでに三百から四百名の義勇兵を集めていた――ロペスが言うには、それだけいればスペイン軍にも勝利できる。我々が上陸すれば、大勢のキューバの愛国者たちがさらに遠征隊に加わるはずだ。ロペスは片目をつぶってこう言った。スペインの金庫には十六世紀のコンキスタドールの黄金が入っている。それに、ハバナは美しい町だとも付け加えた。

とうとうと理屈を並べ立てるロペスをディディは無視していた。その晩、ディディはボディス付きの綾織りのドレスに目の覚めるような赤い帽子という出で立ちだった。何も食べずにむくれていた。オムレツは文句のない出来栄えだったし、シャンパンはきんと冷えていたが、ディディは不機嫌で、将軍の言うことにいちいち反論した。いいえ、キューバ人が蜂起するなんてありえません。アメリカの冒険家数百名よりも、スペイン軍のほうがはるかに強力でしょう。

ロペスは尊大な男でね、キューバを征服すれば我々がどれほど裕福になるか懇々と説いた。「これは白人の義務だよ、バトラー」

「裕福になることがかい？」僕は茶化した。

「未開で迷信にとらわれてばかりの独裁的な国を、近代的な民主主義国へと変革させることがだよ」

それを聞いて、ディディは怒ったようにフランス語でまくし立て始めた。正確な意味はわからなかったかもしれないが、主たる論点はロペスにも充分伝わったはずだ。

ロペスはテーブルに身を乗り出し、見下すような笑みを浮かべて言った。「バトラー、きみも自分の女にあれこれ指示されないと何もできない男だというわけか」

ディディがシャンパンの瓶が入ったアイスペールがひっくり返るほどの勢いで立ち上がった。それから真っ赤な帽子にピンを突き刺し始めた。「レット、帰りましょう……」

「失礼しますよ、将軍」僕は言った。

僕の腕にそっと手を添えたディディの体は怒りにこわばっていた。ホテルのドアマンが僕らの馬車を入口に回した。

薄汚れた女の物乞いが足を引きずりながら近寄ってきて、ぼそぼそと金をねだった。

ロペスは僕らを追って歩道まで出てくると、謝罪した。「セニョール・バトラー、きみを侮辱するつもりはなかった。連れの美しい女性のことも」

それから、叫んだ。「うわあ《マドレ・デ・ディオス》！」物乞いはもうすぐそばまで寄ってきていて、ロペスの鼻にもひどいにおいが届いたらしい。物乞いは波止場の暗い場所でアイルランド人の人足たちに身を売るしかないような女のひとりだった。彼女は手を震わせて金をせがんだ。

「あっちへ行け！」将軍はステッキを振り上げた。

「やめてください、将軍」十セント玉をやろうとポケットに手を入れたとき、垢にまみれた物乞いの顔に見覚えがあることに僕は気づいた。「まさか……ベル・ワットリングか?」

妹よ、その物乞いはまさにベルだった。二度と会うことはないと思っていたベル・ワットリング。ローカントリーから逃げられるようにと、ジョン・ヘインズがベルに金を渡してやったのは知っていた。だが、ニューオーリンズに来ていたとは知らなかった。

それから数週間後、ベルはこんなことを打ち明けた。「昔から海が好きだった。ここでなら人生が変わるかと思った」どうやらベルはいかさまカード師に惚れたらしいんだな。そいつが大負けしたとき、ベルを借金の形に差し出した。ベルの息子は孤児院にいるという。

ロペス将軍とともにキューバに向けて発つ前に、ベルの暮らし向きを少しでも楽にしてやろうと思っている。

おやじさんのアイザイアには黙っておいてもらえるようおまえに伝えてくれとベルから言われている。ベルも僕と同じく勘当された身だからね。

愛を込めて、レット

一八五三年七月

キューバ

愛しいローズマリー

バイアホンドほど美しい海岸は初めて見た。銀色の砂、どこまでも続く紺碧の海。いま、何人かのスペインの将校たちが僕をその浜へと急き立てている。スペイン軍を打ち負かすことはできなかった。キューバの人々は、僕らを民族解放者として歓迎しなかった。まあ、しかたがない。

ディディの腕から逃げ出してスペインの銃殺隊の前に飛び出すとは。僕の人生でもっとも賢明な行為だとはとうてい言えないな。

僕はひとつの賭けに出た。それで運命の手を振りほどくことができるかもしれない。だが、成功の確率はあまりにも低く、残された時間はあまりにも少ない。

下士官のひとりが、この手紙を預かって投函すると約束してくれた。孤島に置き去りにされた船乗りが瓶に入れて海に投げた手紙のように、これが誰かに読んでもらえることを祈っている。

柔らかで温かな砂の心地よさといったら。浅瀬を歩き回るシギたちの、なんと愛おしいことか。彼らの寿命はほんの数年にすぎないかもしれないが、神が作りたもうた生き物である点では人間と何ら変わりない。

妹よ、おまえにひとつだけ助言を遺すとしたら――おまえの人生を生きることだ。決して他人におまえの人生を乗っ取らせてはいけない。

午後のお楽しみに備えて、スペイン人たちは僕らに自分の墓を掘っておけと命じた。アメリカの紳士たる僕らは、当然のことながら拒否したよ。は！　汚れ仕事は田舎者に任せておけばいいのさ！

ローズマリー、神の祝福に満ちたこの世界で、これまでさまざまな人やものと出会ってきた。そのなかでも、おまえを残していかなければならないことだけが唯一の心残りだ……。

たまには僕のことを思い出してくれ。

レット

第6章　黒人の競売

ローズマリーはめまいを感じた。「え、父が兄の手紙を焼いてた？　私の手紙まで？」

「いつだったか、ソロモンと――お嬢様のとこの下男のソロモンですよ――魚市場でばったり会いましてね。立ち話をしたんです。ソロモンが言うには、手紙をラングストンの旦那に渡すのはどうにもいやだったそうですが、従うしかなかったと」

いまにも気を失いそうだった。それでも、従順な娘であれば口にすべきでない質問をあえて尋ねた。「チュニス、父が自分の息子を嫌うのはなぜなの？」

チュニス・ボノーは解放奴隷だ――許可証なしで自由に通りを歩くことができ

る。ファースト・アフリカン・バプテスト教会で（最低ひとりの白人が同席することを条件に）行なわれる礼拝にも自由に出席できる。同じく解放奴隷である者、自分が金を払って奴隷の身分から解放した奴隷との結婚も自由だ。選挙権はなく、公職に就くことも認められなかったが、私有財産を持つことは許された。読み書きを学ぶ権利も与えられている。

解放奴隷は他人の所有物ではないが、白人でもないため、農園主たちにとっては厄介な存在だった。

だからチュニス・ボノーは、何を見ても見なかったふりをし、何を知っていようと口には出さず、ひたすら無学を装った。その芝居は徹底していて、見破られることはない。白人に何か訊かれると、こう答えてはぐらかす。「ヘインズの旦那が、そうしろとおっしゃったんで」「ヘインズの旦那に訊いてくださいな」

ローズマリーもその辺りの事情はよく心得ていたが、このときはただただ動転して頭がまともに働かず、チュニスから答えを揺すり出そうとでもいうように袖をつかんだ。「父が兄をそこまで嫌うのはなぜなの？」

チュニスは降参したように溜息をつき、すべてを話した――これまでのローズマリーなら知りたいとは決して考えなかったであろうことまで。

水路管理人だったウィルのこと、ハリケーンのこと、レットが一人前の農園労働者に成長したあの遠い夏の話。チュニスがそんな話をローズマリーに語って聞かせているころ、競馬場では、父親のラングストン・バトラーが屈辱を味わっていた。

ワシントン競馬場は、チャールストンでもっとも樹齢の古いカシの林に囲まれた、一周およそ六・五キロの楕円形の平地コースだ。白漆喰塗りのクラブハウスは、ジョッキー・クラブの会員だけに開放されていたが、下見板張りの大観覧席や広々とした牧草地には誰でも入ることができる。そして白人、黒人の区別なく、自由人、奴隷の区別もなく、誰もが等しくラングストン・バトラーの敗北を目撃した。

南部最速のコースに最高額の賞金。はるばるバージニア州やテネシー州からも、たくさんの馬がチャールストンに集まってくる。馬や馬丁、調教師が寝泊りする大きな木造の厩舎には中央に広い通路があって、そこで馬や黒人の競売が行なわれたりもした。

正午のレースでは、ラングストン・バトラー所有のジェロ号と、ジャック・ラヴァネル大佐所有のチャプルタペック号がふたたび熱戦を繰り広げた。二頭の馬の力はほぼ互角と見られ、賭け率はめまぐるしく上下した。いざ二頭が走りだすと、観覧席から地鳴りのような歓声が沸き起こった。奥のコーナーまでは遅れをとっていたチャプルテペック号だが、しだいに疲れの見え始めたジェロ号を最後の直線でかわし、二馬身の差をつけて勝利した。表彰式では、ジャック大佐はいまにも踊りださんばかりに誇らしげにしていた。

クラブハウスの特等席では、三人の若者とジャック大佐の行き遅れの娘が、大佐の度を超した喜びようをおもしろがってながめていた。

「大佐、大佐」ジェイミー・フィッシャーは含み笑いをして言った。「そのくらいでやめておいたほうが身のためですよ。ねえ、ジュリエット、きみの父上はいやに気取ったお辞儀ができるんだな」

重要人物の一挙手一投足を観察してそこから学習することに余念のないエドガー・パーヤーは、ラングストン・バトラーの農場監督が主人と何事か相談していることに気づいた。「おやおや、あのふたりは何を企んでるのかな」

「何だっていいさ」ヘンリー・カーショーがぶつぶつ言った。「おい、二十ドル貸してくれ！」ヘンリー・カーショーは血気盛んな若い熊ほどの体格で、気性もまたそれと釣り合っていた。

「ヘンリー、きみがさっきジェロ号に賭けたのは僕の二十ドル金貨だぞ。あれが最後の一枚だったんだ」エドガー・パーヤーはポケットをひっくり返して見せた。「というわけで、紳士諸君――おっと、淑女もいたね――ラングストンはどうやって意趣返しすると思う？」

「賭け金を払わずに逃げるとか」ジュリエット・ラヴァネルが言った。

「いや、いや、ジュリエット」ジェイミー・フィッシャーは言った。「きみはチャールストンの紳士ふたりを混同してるようだね。ローズマリーの父上ラングストンはいじめっ子だ。逃げていきそうなのは、きみの父上のジャックのほうだよ」

ミス・ラヴァネルは鼻を鳴らした。「あなたみたいな意地悪な人とどうして絶交せずにいるのか、自分でも不思議だわ」

「きみはすぐ退屈するからだろう」ジェイミー・フィッシャーが応じた。

この辛辣な未婚の婦人と、小柄な青年はいつも一緒に行動していたが、妙な噂が立つことはなかった。何がふたりを引きつけているにしろ、恋愛感情でないことは誰もが知っていた。

次のレースは二時の予定だった。白人も黒人も手持ち無沙汰な様子で競走路や牧草地をうろうろしている。ジョッキークラブハウスでは、使用人たちがバスケットを開いて昼食を並べ、コルクを抜いていた。

競走路では、奴隷の競売人が声を張り上げていた。「ジョン・ハガーの黒人だよ。稲作人夫に木挽き、綿摘みに機械工。家事ができるのもいるし、子どももいるよ！一級の働き手がしめて百人！」

エドガー・パーヤーは競売人から競売目録をもらうと、リストに指を走らせた。

「アンドリューは六十一番に入札するって言ってた。〝カシアス、年齢十八、ミュージシャン〟」

「カシアスなら、落札価格は千ドルってとこだな」ヘンリー・カーショーが言った。

「いや、最低でも千百ドルはいくだろう」ジェイミー・フィッシャーが訂正した。

「どうだ、二十ドル賭けるか」ヘンリーが持ちかけた。

「よく言うよ、賭ける金がないくせに」ジェイミー・フィッシャーが切り返す。

ヘンリー・カーショーはジェイミー・フィッシャーより体重で四十キロ近く上回っていたし、どんな場面でも自分の思いどおりになるのが当たり前と考えてもいたが、このときは黙って微笑んだだけだった。ジェイミー・フィッシャーの富の前では、たとえ若くて血気盛んな熊でも、本心はどうあれ、微笑むしかない。

「ジュリエット。アンドリューはどうしてまたバンジョー弾きなんか買う気なのかな」エドガー・パーヤーが訊いた。

「気分が沈んだときも、音楽があれば持ち直すからよ」

ヘンリー・カーショーはポケット瓶から酒をあおり、ジュリエットにも差し出したが、ジュリエットは身震いして断った。ヘンリーは言った。「先週、とある黒人の荷車をとある馬が引いてた。意外な馬だったぜ」

「まさかテカムセか？」ジェイミー・フィッシャーが言った。「レット・バトラーはボノー一家にあの馬を預けてったんじゃなかったか？」

「ローカントリー一の駿馬が荷車を引いてたってわけさ」ヘンリー・カーショーは続けた。「二百ドルで買い取ろうと言ってみたが、あの黒人は自分の持ち物じゃないから売るわけにはいかないと断った」

「テカムセには千ドルの値打ちがある」エドガー・パーヤーは言った。「無理にでも売らせればよかったろう」

ヘンリー・カーショーはにやりと笑った。「まあ、きみなら何が何でも売らせただろうな、エドガー。だが、僕にはそんな勇気はないね。いつかレットがこの町に帰ってこないともかぎらない」

「バトラーと言えば、いまどこにいるんだろう」ジェイミーが尋ねた。

「ニカラグアか、サン＝ドマング（現在のハイチ共和国）か」ヘンリー・カーショーは肩をすくめた。

エドガーが言った。「いや、ニューオーリンズにいると聞いたよ。ベル・ワットリング、レット・バトラー、レットの私生児……意外や意外、だろう?」

ジュリエット・ラヴァネルは眉を吊り上げた。「エドガー、それってとっても興味深いゴシップじゃなくて? だって、ベル・ワットリングはカンザスの親類のところへ行ったはずだったでしょう?」

「カンザスじゃなくてミズーリだ。ただ、そこには行ってない」エドガーは答えた。「ミズーリ州に住んでるワットリングの親戚は、奴隷制度廃止論者を忌み嫌ってる。きみは新聞を読まないのかい」

「いやだわ、エドガーったら」ジュリエットはわざとらしく甘えた声を出した。「私たちおつむの空っぽな淑女に新聞を読む必要があるかしら? 殿方が何もかもわかりやすく説明してくださるのに?」

ジェイミー・フィッシャーはにやつきそうになったのを咳をしてごまかした。

「思うに」ジュリエット・ラヴァネルは言った。「ラングストンの娘さんと私の愛する弟がこれからどうなるかのほうが興味深いゴシップだわね。ローズマリーはアンドリューにすっかりお熱なのよ」

「アンドリューはいつだって女の子たちの誰かにまつわりつかれてる。よくうまくあしらえるよな」ジェイミーは鼻を鳴らした。

「あなたをうまくあしらってるのと同じ要領じゃないかしら、ジェイミー」ジュリエットは甘ったるい笑みを向けた。「弟には自分を崇拝してくれる人がいつも必要なのよ」

「アンドリューがミス・ローズマリーをものにするのにどれくらいかかるかな？」エドガーが独り言のようにつぶやいた。

「レース・ウィークが終わる前には手に入れるでしょうね」ジュリエット・ラヴァネルは五ドル賭けてもいいと宣言した。

　競走路では、グランマ・フィッシャー、孫娘のシャーロット、そしてジョン・ヘインズがカシの大樹の陰で昼食を楽しんでいた。ヘインズ＆サン社はフィラデルフィアとニューヨーク市の新聞にこんな広告を出した。〈チャールストン・レース・ウィーク見物ツアー：往復旅費、宿泊費、食事――料金にすべて含まれています！〉。ジョン・ヘインズはツアー客の宿泊先として、クイーン通りにあるチャールストン一食事の美味いミルズ・ホテルを選んでいた。

ニューヨークから来た客のひとりは、奴隷制度廃止論をおおっぴらに支持し、ボルティモアで遊覧用スクーナー船に同乗した南部人一同を不快にさせた。

ミルズ・ホテルの経営者ミスター・ミルズが解放奴隷であることを知ると、その奴隷制度廃止論者はミルズ・ホテルに宿泊するのを拒否し、旅行代金の返還を求めた。レース・ウィーク中とあってチャールストンのホテルはどこも満室だったため、最終的にはそのままミルズ・ホテルに滞在するということで決着したが、返金については譲ろうとしなかった。「北部人の主義主張は素晴らしく柔軟だ」ジョン・ヘインズは言った。「ところでシャーロット、今日はいつものきみらしくないな。我らがシャーロットの太陽のように明るい笑顔はいったいどこへ？」

「シャーロットはね、アンドリュー・ラヴァネルに夢中で上の空なんですよ」反論は受け付けませんと通告するかのようにバスケットを叩きながら、グランマ・フィッシャーが言った。「うちの料理人は鶏料理を作らせたらカロライナ一だわね」

「おばあさま！　そんなんじゃありませんったら！」

「いいえ、そうです。アンドリュー・ラヴァネルは、勇敢で、大胆で、見目麗しくて、人当たりもよくて、おまけに一文無し。年ごろのレディにとってそれ以上のお相手がいるとでも？」

鶏料理を一言褒めたあと、ジョンは続けた。「今日はローズマリーに会えると期待していたんですが。昨夜、ワルツに誘ったのに、あいにくローズマリーのダンスカードはもう一杯だったんです」

チャールストンで一番腕がいいと評判の仕立屋の努力もむなしく、シャーロット・フィッシャーはけっして魅力的とは言えなかった。彼女の髪はまさにネズミ色だったし、肌の色艶もよくない。シャーロットの腰はスズメバチのようにくびれてはおらず、それよりもミツバチのふっくらした胴を連想させた。シャーロットは唇を引き結んだ。「ローズマリーと私って、いまでも友だちと呼べるのかしら」

「シャーロット、馬鹿なことを言いなさんな。ローズマリーとは五歳のときからの仲よしでしょう」彼女の祖母がとがめた。

ジョン・ヘインズが溜息をつく。「チャールストンでもっとも魅力的な女性たちがそろって同じ紳士を奪い合うとは。僕みたいに平凡な男はスタートラインにさえ立てない。アンドリューに恨みはありませんが、つまずいて転んだりして、あのお上品な鼻がひしゃげるようなことがあっても、気の毒には思わないな。そう。ほんのちっちゃな欠点がひとつできればいい。僕だってそれ以上は望みませんよ」

グランマ・フィッシャーがたしなめる。「ジョン、そんなこと言うものではありませんよ」

ヘインズは微笑んだ。「ええ、そうかもしれません。でも、ご婦人たちにどうしても尋ねずにはいられませんよ。僕は最高の夫になりそうだとは思いませんかとね……ああ、ありがとうございます、グランマ・フィッシャー。ええ、ドラムスティックをいただきます」

見物人や入札希望者が黒人の競売が行われる細長い厩舎に集まっていた。厩舎では、入札希望の農園主たちが商品を自由に見て回っている。地味な綿のドレスに身を包み、ネッカチーフをターバン代わりに巻いた黒人の女たち。綿と毛の混紡の上着を着た男たちのズボンを留めているのは、ベルトではなく縄だった。好みにより、つばの広いソフト帽は粋な形に整えられていたり、実用一辺倒だったり、眉をひそめたくなるような形状だったりした。子どもたちは親の世代より新しく清潔な服を着ていた。

奴隷の競売を初めて見る人々は、理解不能な事態に遭遇した人間がよくするように、こういうことには慣れっこだといった訳知り顔を装っている。

アンドリュー・ラヴァネルが欲しがっている、楽器の演奏ができるというカシアスは、馬房の扉にもたれて腕を組んでいた。肩からバンジョーを吊るしている。髭はなく、小太り気味の、黒檀のような肌をした青年で、無礼だと怒りだす白人がいてもおかしくなさそうな傍若無人な雰囲気を漂わせていた。

「ちょっとそいつを弾いてみてくれないか、若いの」

カシアスは、バンジョーには人格があるとでもいうように、恭《うやうや》しい手つきで楽器ををなでた。「それはできませんね、旦那。お断りします。競売人の旦那が言うには、俺は極上の娘っ子みてえなものだそうで。ただで何かしちゃあだめだぞってね！　俺を買う人は、俺の音楽を買うんだからって……いいかね、旦那」カシアスは大まじめな声音で言った。「俺の音楽を聴いたら、長老教会派の信者だって踊りだしちまいますよ！」

大多数の黒人は、愛想よく振る舞っていた。どうせなら情け深い人物に、それも家族ごと引き受けてくれる人物に買われたいからだ。「へえ、旦那。あっしは一人前の米作りです。小僧のころから田んぼに出てました。歯はほとんど全部残ってます。へえ、鼻が曲がってるのは、馬のやつに蹴られたせいでして。馬の扱いには慣れてないんです。女房は洗濯女で、息子も大人の四分の一ぐらいの働きはできますし、これからまだまだ体も大きくなります」

農場の働き手たちは、体にどこか不具合がないか確かめるため、あっちを向いてみろ、体をこう曲げてみろと命じられた。前や後ろに素早く歩いてみろと命じられる者、その場で飛び跳ねてみろと言われる者。抜け目ない農園主は、そうやって奴隷のスタミナや心肺能力を判断するのだ。

「小僧、おまえは何度くらい医者の世話になったことがある？」

「おまえは三人も子どもを産んでるというが、その細い体でか？」

競売人は桜色の頰をした陽気な男で、農園主たちとは友人のように親しい関係を築いている。「やあ、ミスター・キャヴァノー、それは見るまでもないですよ。そっちの五十二番が旦那にはお勧めです。肌の色が薄い、十四歳の娘っ子。ね、旦那のお好みならようく知ってるんだ。当たってるでしょう？」

「ミスター・ジョンソン、この極上の男に七百ドル以下の値をつけたら、旦那は私が思ったほどお目が高いお人じゃないってことになる！　七百ドル、七百、さあ七百だ。さあ、どうです？　七百、もうひと声、ふた声。ようし、七百ドルでドレイトン農園に決まり！」競売人はすばやく水で喉を潤した。

「紳士のみなさん、競売の規則をここでもう一度申し述べておきましょう。落札者は、落札額の半分を現金で支払うこと。加えて、残金は三十日以内に清算するという保証書に署名をお願いします。担保は購入した黒人です」

競売人は満面の笑みを作った。「さて、競売を続けましょう。入札番号五十一番。ジョーは育ち盛りの男の子、十二歳か十三歳です。さあ、ジョー、みなさんに見えるよう、台に昇って。いまはまだひょろ長い脚をしたひよっこですが、ほらほら、この歳にしてごらんの骨格ですよ。あと一年もすれば、一人前の働き手になるでしょう。賢明な紳士なら」――競売人は指を鼻に当ててウインクした――「いまこの子を安値で買って、しっかり食べさせてやるでしょうな。そうしたら、次の植え付けの時期には一人前の働き手がひとり増える。子どもを買う金で大人を買うようなものだ！　ジョー、後ろを向いて、シャツを脱げ。ほら、ごらんください、ジョーの背中に傷痕などひとつもない。ミスター・ハガーは素晴らしい紳士でしたが、牛追い用の鞭をくれることを恐れるようなお方ではなかった。つまりだ、ジョーは鞭で打たれる必要がなかったというわけです。礼儀をわきまえた黒人だからですよ。そうだな、ジョー？　さあ、二百ドルでどうでしょう？　二百ドルでは？　二百、二百、五百、さあ五百ドルが出た。五百五十ドルの声は？

五百五十、五百五十……はい、決まった、落札者はマグノリア農園のミスター・オーウェン・ボール」

アンドリュー・ラヴァネルは空の馬房の仕切りに物憂い様子でもたれていた。いかにも乗馬をする人物らしいたくましい脚は淡い黄土色のズボンに包まれ、フリルのついたシャツの上に丈の短い黄色の上着を羽織っていた。フェルトのつば広帽は黄みの入った茶色で、日ごろからきちんと手入れされた長靴は深い透明な輝きを放っている。パーヤーとカーショーが近づいてくるのを見て、アンドリューは物憂げに指を一本持ち上げた。アンドリューの顔色は夜行性の人間のそれだった。青白い肌は透き通るようで、内面まで見て取れそうだ。気取った物憂げな態度に隠されてはいるが、どこか緊張感が漂っていた。最新流行の服に包まれた、いまにもぴょんと弾もうとしているばねといった風情だ。

エドガー・パーヤーはアンドリューの葉巻にマッチで火をつけてやると、競売にかけられている肌の色の薄い黒人のほうに顎をしゃくった。「いい女じゃないか」

ヘンリー・カーショーは首を伸ばし、入札者の顔を確かめた。「キャヴァノーか。女房は、表向き自分が女中を探してることになってるなんて、まるで知らずにいるんだろうな」

「仕事が女中だけですめばいいがな……」アンドリューが物憂げにつぶやいた。

ヘンリー・カーショーがげらげら笑った。

エドガー・パーヤーが言った。「おい、あそこのあいつ、バトラー家の使用人じゃないか？　アイザイア・ワットリング。ほら、柱の影にいるあの男」

アンドリュー・ラヴァネルは言った。「レットに息子を殺されたってのに、よくブロートンに残ったよな」

「文無しだからだろう」ヘンリー・カーショーは馬鹿にしたように鼻を鳴らした。「農場監督の働き口のほうが手に入れるのが難しいのさ。もっと息子が欲しけりゃ、寝室へ行けばいくらでも作れるわけだし」

アンドリュー・ラヴァネルが言った。「だが、ワットリングは敬虔《けん》な男だって聞くぜ」

「らしいな。ラングストンの親父が家を空けてるあいだ、ワットリングとエリザベス・バトラーは一緒に祈るって話だ。もちろん、神に祈る以外のことはしてないだろうとは思うが」

「ヘンリー、おまえってやつはほんと品性の欠けた男だな」悪気のない調子でアンドリューが言った。「おっと、入札番号六十一番が来たぞ。僕の狙ってるカシアスだ」

カーショーは品性の欠けた男がぼりぼりと掻きそうなところを掻いてから言った。「酒がなくなった。クラブハウスに行ってくる。エドガー、おまえはどうする？」

「ここにいる」

アンドリューはカシアスの入札を四百ドルから始めた。

「四百ドルの声がかかりました……六百ドル？　旦那、いいんですかい？　わかりました。この素晴らしい若者に六百ドル。そうそう、バンジョーもついてきますよ――ひとり分の値段で、二つとも手に入る」

「どうしてワットリングが入札してるんだ?」エドガー・パーヤーが疑問を口にした。「ラングストンはバンジョー弾きなんか要らないだろうに」

八百ドルになると、アイザイア・ワットリングとアンドリュー・ラヴァネルを残して、ほかの者は降りた。

アイザイア・ワットリングは九百五十と声を上げた。

アンドリュー・ラヴァネルが千ドルを告げると、ワットリングは手を上げ、その場の全員の注意を引いた。それから木箱に上ってみなを見下ろした。「ラヴァネルの旦那、わしは主人のラングストン・バトラーから指示を受けて入札しています。ところでうかがいますが、この黒人を競り落とした場合、どうやって支払うおつもりです? 今日支払う現金はどこにあるんです? 五百ドルなんて大金がいったいどこに?」

アンドリュー・ラヴァネルはまるで殴られたかのようにぎくりと身をこわばらせた。驚愕、激怒、そして狼狽の色が次々と顔をよぎっていく。エドガー・パーヤーのほうを振り返ったが、友人の姿は消えていた。アンドリューの周囲に立っ

ている者たちは、見てなどいないふりをしながら彼の顔をちらちらうかがってい
る。離れた場所に立っている者たちは、にやにや笑いを押し隠した。
「まあまあ、旦那様方！」競売人が声を張り上げた。
「あんた、さっき競売の規則を説明してたよな」ワットリングはそう指摘した。「あ
んたがあれを守らないわけにはいかねえ。そうだろう？」
どこかから声が上がった。「そうだ、そうだ」
また別の声が叫ぶ。「規則は規則だぞ」
アンドリューはわめいた。「ワットリング、あんたにそんなことを――」
「ラヴァネルの旦那。わしはアイザイア・ワットリングとしてこうしてるんじゃ
ないんです。いまのわしはアイザイア・ワットリングじゃない。ラングストン・
バトラー様の代理人としてここにいるんです。つまり、ラングストン・バトラー
様が、アンドリュー・ラヴァネル様にこう尋ねているわけです。〝半額の五百ド
ルをちゃんと払えるのか〟とね」
「つまりあんたは、僕が約束を違えると、このアンドリュー・ラヴァネルが約束

を違えると――」

「約束だと?」誰かが訊き返す。

「ラヴァネルの約束?」別の誰かが嘲るように馬鹿笑いした。

「ラヴァネルの旦那に五百ドルの持ち合わせがないようなら、競売人、わしがさっき提示した九百五十で決まりのはずだ。わしは全額現金で清算するよ」


アンドリュー・ラヴァネルの屈辱は（当然の報いと評する者もいた）、瞬く間にクラブハウスにも伝わった。ジェイミー・フィッシャーはみぞおちを殴られたような衝撃を受けた。

ジェイミーが友人を探しにいくと、アンドリュー・ラヴァネルは関節が白く浮くほど観覧席の手すりをきつく握り締めていた。

「友人のエドガーは事前に察知してた。エドガー・パーヤーってやつは、一キロも離れたところからでもこういう策略を敏感に嗅ぎつける。だが、エドガーに助けを求めようとしたときにはもういなかった。カードでヘンリー・カーショーが千ドル負けたとき、救いの手を差し伸べたのは僕だ。だが、そのヘンリーはどこにいた?」アンドリューの悲しげな目が群集を見回す。アンドリュー・ラヴァネルが意識しているほどには、彼をじろじろ見ている者はいなかった。「我が友、ジェイミー・フィッシャー。きみはカロライナ一裕福な紳士らしいね。若きフィッシャーの旦那にとっては、五百ドルくらい、ポケットの小銭も同然なんだろうな!」

「残念だよ、アンドリュー。もしその場にいたら僕が……」

「ちくしょう、ジェイミー。世間に顔向けできないよ! 公衆の面前であんな——公衆の前でだぞ! くそっ! みんなが僕を笑う声がきみにも聞こえただろう。アンドリュー・ラヴァネルの愚か者、金もないのに入札するとはな! そう言って笑ってる声が聞こえたろう。くそ、ジェイミー、いっそ死んじまいたいよ!」

「ワットリングに決闘を申しこむなら、介添人は僕が——」

「ジェイミー、ジェイミー。ワットリングと決闘などできないよ」アンドリューの声はくず屋の馬のように弱々しかった。「アイザイア・ワットリングは息子と同様、紳士なんかじゃないからな。ワットリングと決闘したら、アンドリュー・ラヴァネルもまた紳士ではないと宣言するも同然だ」

「忘れたか、レットはシャド・ワットリングと決闘した」

「レット・バトラーの話なんかどうだっていい！　いいか、ジェイミー。レット・バトラーの話などしたいと思ったことなどこれまで一度もないんだ！　わかったな！」アンドリューは葉巻に火をつけようとしたが、手が震えてうまくいかず、マッチを放り捨てた。「忌々しいラングストン・バトラーめ！　あの競売人とは何度も取引してる。借用証書を渡せば信用してくれたはずだ」

「たかがバンジョー弾きじゃないか、アンドリュー」

「たかがバンジョー弾き、だと？」アンドリューはジェイミーの純真さを哀れむようなぎこちない笑い声をあげた。「なあ、あのラングストン・バトラーが、音楽会でも計画していると思うか？　ラングストン・バトラーが、バンジョーの弾きかたを習おうとしてると思うのか？　どうなんだ、ジェイミー？　ラングストン・バトラーは法外な値で稲作用の奴隷を買ったんだよ」アンドリューは小さな子どもに教え諭すように続けた。「ラングストン・バトラーは、息子を辱めることでジャック・ラヴァネルに仕返しをしたんだ。おかげさまで今日、チャールストンの全員がアンドリュー・ラヴァネルという人物の評価を定めたわけさ。アンドリュー・ラヴァネルは見かけ倒しだとな！」

ジェイミー・フィッシャーは声を絞り出すようにして言った。「アンドリュー、僕は……そうは思わないな……アンドリュー、きみは実に素晴らしい男だ。きみみたいなやつはめったにいない。僕なら――」

アンドリューは手を振ってジェイミーを黙らせた。

ジョッキー・クラブの腕章をつけた黒人たちが競走路から人々を追い出しにかかっていた。

「アンドリュー？」

「頼むよ、ジェイミー。もう何も言わないでくれ！」

競走路から人がいなくなったころ、係員たちの制止を振り切って、ひとりの女性が馬を駆って競走路に現れた。

アンドリューは凍りついた――その鋭い目で自分の未来を見抜いてしまったタカのごとく。それからささやいた。「なんと、あれはローズマリーじゃないか」「きみを探してるんだろう」張りつめた空気が解けて、ジェイミーの声が思わず一オクターブ高くなった。「そうだ、アンドリュー、ジュリエットの興味深い賭けの話を……」

「ジェイミー、何かあったんだよ。ローズマリーの動揺ぶりを見ろ。馬にやたらに向きを変えさせる、トロットを命じる、かと思うとまた止まらせる」

ジョッキークラブの職員たちが「お嬢さん！　レースが始まるんですよ、お嬢さん！」と口々に叫びながら引き止めようとしたが、結局は馬の進路から飛び退く羽目になった。ローズマリーは馬場柵に沿って移動しながら誰かを探している。首に巻いた黄色のシルクのスカーフが、戦意に満ちた旗のごとく背後になびいていた。

「驚いたな」アンドリュー・ラヴァネルは首をかしげて言った。「あのローズマリーが激昂してるぞ」

ローズマリーが乱暴に手綱を引いた。馬が後ろ足で立ち上がる。「やめて、おとなしくなさい！　アンドリュー！　私の父はどこ？　父を見かけなかった？」アンドリュー・ラヴァネルの心の温度はたちまち急降下して、冷静さを取り戻した。この一瞬のうちに、時の流れがゆっくりになったかのようだった。「麗しのローズマリー」アンドリューは哀愁さえ感じさせる声で答えた。「父上ならもう帰られましたよ」

そこにジョッキー・クラブの職員のひとり、緑色の正装の飾り帯を着けた白人男性が急ぎ足でやってきた。「マダム！　困ります！」

「もう、おとなしくして！　だめ！　お願いだからおとなしく立ってて！」ローズマリーは馬に鞭を当てた。「父を探さなくちゃ」そう言って表情を歪める。「あなたにお話しておきたいことがあるわ。今日、父が真に呪われてる理由がようやくわかったの」

アンドリュー・ラヴァネルは競走路に入ろうとした職員のほうに尊大に手を振った。立ち止まった職員に代わって自分が競走路に入ると、ローズマリーの馬の勒《ろく》を押さえ、興奮している馬をなだめた。

　クラブの職員がひとり、馬に乗った女性がひとり、その馬を制している紳士がひとり――競走路にいるのはその三人だけだった。

　その舞台の中心にどっかりと居座った激しい怒りが、競馬場に集まった人々の目をひとつ残らず引きつけていた。

　クラブハウスのベランダでは、北部から訪れた客が、友人のチャールストンっ子を振り返って尋ねた。「何がどうなってる?」

　友人が答える。「ここはチャールストンだぞ、サム。胸躍るドラマを黙って楽しみたまえ!」

　意外ななりゆきに戸惑っていなかったなら、ものも言えないほど激しく怒っていなかったなら、ローズマリーはアンドリューの奇妙なほど優しい口調に即座に警戒心を抱いたことだろう。「ちょっと待ってくれないか、ローズマリー。落ち着いて話をしよう。ほら、手を貸すよ」アンドリューは両手で鐙《あぶみ》の形を作った。

　ローズマリーは急いで馬から下りた。「ねえ、私はまだラングストン・バトラーを父と呼ばなければならないのかしら、アンドリュー？　父は嘘をついてたのよ。兄を破滅させたの。父は……」

「ラングストン・バトラーには、釈明すべきことが山ほどある」

アンドリュー・ラヴァネルはローズマリーを抱き寄せると、チャールストンのほぼ全市民が見守るなか、彼女の唇に自分の唇を押しつけた。その口づけはいつまでもいつまでも終わらなかった。

第7章　婚姻とは清められた地……

「ローズマリーもむしろ楽しんでいたと思いますが」アンドリュー・ラヴァネルはぞんざいに言い放った。

アンドリューと父ジャック、そしてラングストン・バトラーは、キング通りにあるジャック大佐の町屋敷の玄関広間に立っている。その部屋は酷使に耐えてきたようだ——幅広の厚板が敷き詰められた床には拍車がつけた傷がそこここに残り、長靴脱ぎ器代わりにされている長椅子はすっかりすり減っている。

バトラーは帽子をかぶったままで、ステッキを預けようともしなかった。いざとなったらステッキを武器にするつもりでいるかのようにしっかりと握っている。

「娘が一時的に恋愛感情に流されたかどうかはこの際問題ではない」

ラングストン・バトラーは携えてきた袋をテーブルの上でさかさまにした。それから穢れたものにでも触れるように、人差し指一本で借用証書や債券、約束手形を一枚ずつ並べていった。「一ドルあたり二十セント。それがラヴァネル家の名誉の市場価値だろうな」

「息子がお嬢さんと婚約すると言ったら？」ジャック大佐が希望を込めて尋ねた。

「ラヴァネル家の者を義理の息子にするだと？」ラングストン・バトラーの青白い頬がまだらに赤く染まった。「ラヴァネル家の人間を私の義理の息子にする？」

アンドリュー・ラヴァネルは一歩踏み出したが、父親に腕をつかまれ引き戻された。

「今日は、返済期日を過ぎたあなたの債権やら抵当証書やらを私が残らず買い取ったことを知らせるために来た。この家もそのほかの財産もすべて売り払うしかないでしょうな。今後チャプルタペック号は、バトラー家の色をまとってレースに出場することになる」

「ちょっと、ラングストン」ジャック大佐は含み笑いをした。「まさかこんなぼろ家を手に入れるためにわざわざいらしたわけじゃないでしょう。バトラー家はこのジャックが所有してた肥沃な土地の大半をすでに買収している。あんたのような経験豊かな農園主が、残りの痩せた土地を欲しがるとはとうてい思えない。あんたとは長いつきあいだ、ラングストン。あんたが強欲で冷酷で思い上がった子どもだったころから知ってる。なあ、このジャックに何か取引を持ちかけようっていうんでしょう？　醜い噂が広まるのを食い止めたうえに、そう、こんなふうに言っちゃあ図々しいかもしれんが、我がラヴァネル家の懐事情を多少なりとも改善できる提案がある。図星でしょう？」

ラングストンは意地の悪いとしか形容のしようのない笑顔を作った。「あなたの奥さんのフランシスは誰からも尊敬されてましたな、ジャック。ローカントリーの誰よりも優美なレディだった」

ジャック・ラヴァネルは蒼白になった。「女房の話はよしてくれ、ラングストン。女房の尊い名に泥を塗るな」

ラングストンは証書類の山のてっぺんをそっと叩いた。「よけいな口をはさまずに最後まで人の話を聞けないのか。今夜、ジョッキー・クラブの舞踏会で、娘とミスター・ジョン・ヘインズの婚約を発表する。そのあと、ご子息に、今日の午後、競馬場で披露した下品そのものの行為が招いた誤解について、公衆の面前で謝罪していただく」ラングストンは冷ややかな目をアンドリューに向けた。「きみは酔っていたんだろう。そう、娘の婚約を知って、歓喜のあまり我を忘れてしまったのに違いない」ラングストンは肩をすくめた。「細かいことはまかせるよ。もっともらしい嘘を自分ひとりではでっち上げられないようなら、きっと父上が知恵を貸してくれるぞ。さて、私が謝罪を受け入れたら、きみはミス・シャーロット・フィッシャーとの婚約を発表するのだ」

「あの女性と結婚する気はありませんよ。たとえ彼女の顔の吹き出物ひとつにつき一万ドルの値打ちがあったとしても」

「好きにしたまえ」ラングストン・バトラーはそう言ったきり黙って待った。ラヴァネル父子は必死の形相で懇願の言葉を並べ立てたが、その言葉も尽きると、ついに条件を呑んだのだった。

孫娘の喜ぶ様子を見て、コンスタンス・フィッシャーは、シャーロットとアンドリュー・ラヴァネルとの婚約にしぶしぶながら同意した。

そしてローズマリーは、父の屋敷から逃げ出したい一心でジョン・ヘインズとの結婚を承諾した。チュニスからすべてを聞いてしまったあとでは、父の家で暮らすなど堪えがたかった。承諾の返事を伝えると、ラングストンはこう応じた。「おまえが従う理由は尋ねない。ただ従えと言うだけだ」

婚約中のふたりが、ラングストン・バトラーの居間でふたりきりで時間を過ごした際、ジョン・ヘインズは言った。「ローズマリー、きみと結婚できるなんて、夢のようだよ」彼はローズマリーの前にひざまずいた。「答えを聞くのは怖いが、どうしても知っておきたい。僕らの結婚は、きみが決めたことなのかい?」

ローズマリーは一瞬ためらったあと答えた。「ジョン、私、せいいっぱいの努力をするつもり」

鈍感ではあるが人格高潔なジョン・ヘインズは幸せそうに微笑んだ。「そういうことなら。ふう。そういうことなら。安心したよ。愛しいローズマリー。僕の愛しいローズマリー……」

シャーロットとアンドリューは四月に結婚した。シャーロットは美しいとは言えないにせよ、晴れやかな花嫁だった。チャールストンの既婚婦人たちは舌打ちし、所帯を持つことでアンドリュー・ラヴァネルが落ち着けばいいがと願った。

ラングストン・バトラーはラヴァネル夫妻に結婚祝いとして黒人のバンジョー弾きを贈った。さすがのアイザイア・ワットリングも、カシアスに米作りを仕込むことはできなかったのだ。

二週間後、聖ミカエル教会の祭壇の前にローズマリーと並んで立ったジョン・ヘインズは、幸せに輝いていた。対照的にローズマリーの顔は蒼白だった。誓いの言葉はあまりにも小さな声で述べられたため、信者席の前のほうにいた参列者にさえほとんど聞き取れなかった。

新郎新婦が教会を出ると、歩道際でチュニス・ボノーが待っていた。葦毛の馬の手綱を握っている。

「まあ」ローズマリーは叫んだ。「テカムセだわ！」

「兄上のレットが、ミスター・ヘインズとミス・ローズマリーにと」チュニスは言った。「結婚式の日、遠くから幸せを願っていると書いた手紙をもらいました」

ラングストン・バトラーは義理の息子になったばかりのジョンのほうを振り返った。「私がその馬を預かろう。代わりに買い手を探すよ」

ジョン・ヘインズは花嫁の手を握り締めた。「お気遣いありがとうございます。でも、けっこうです。この馬は私の友人であり、ヘインズ夫人の兄でもある人物からの贈り物です。妻も私も喜んで頂戴します」

第8章

愛国心を祝う舞踏会

　アンドリュー・ラヴァネルは後日、競馬場でのあのキスは無邪気なものだったと主張したが、その言い分を鵜呑みにしたチャールストンの住民はほとんどいなかったろう。しかし、あやうく自らの評判を傷つけかけた当事者たちは、それぞれ無事に結婚した。アンドリューが新たにフィッシャー家と縁続きになったことを受けて、ラングストン・バトラーはジャック大佐の手形を一ドルあたり五十セントで穏便に処分した。

　チャールストンの町のあちこちで、テカムセが引く立派な青色の二輪馬車に乗ったジョン・ヘインズ夫妻の姿が見受けられるようになった。ジョン・ヘインズは新妻の気まぐれを満足させるためにあの馬車一式に三百ドルも遣ったらしいと人々は噂した。

レット・バトラーをニューヨークで見かけた者がいるという噂も流れた。英国船のある船長がジョン・ヘインズに話したところによれば、ジョンの義兄はロンドンの証券取引所で投機をしているという。一方、ヘインズ&サン社の主任水先案内人に昇格したチュニス・ボノーの説に従えば、レットはニューオーリンズにいる。

ヘインズ夫妻はローズマリーの両親にしかるべき敬意を払い、日曜の礼拝のあとには軽い立ち話などもしたが、若い夫婦はいつも信者席の離れた位置に座ったし、ローズマリーが実家を訪問するのは父親が留守のときに限られた。ヘインズ夫妻はチャーチ通り四十六番地で慎ましく暮らし、ほどなく娘を授かると、マーガレット・アン、愛称メグと名づけた。

一方のアンドリュー・ラヴァネル夫妻は、フィッシャー家が所有するイーストベイの別邸に居を構えた。チャールストンの金貸したちは、ラヴァネル家の借金はコンスタンス・フィッシャーが肩代わりする約束になっているのだろうと期待したが、そうではないと知って驚愕した。

アンドリュー・ラヴァネルの新しい使用人のカシアスは決して主人のそばを離れようとせず、賭博場や酒場の外で何時間でも待ち続けた。夜明けごろ、鞍にまたがったまま舟を漕いでいるアンドリューを載せた馬をカシアスが引きながら歩いている姿が目撃されることも珍しくなかった。アンドリュー、ジェイミー・フィッシャー、ヘンリー・カーショー、エドガー・アラン・パーヤーが狩りに出かければ、カシアスは簡単な食事を作り、主人たちの長靴を黒く磨き、陽気な音楽を聴かせた。ラングストン・バトラーの稲田でしばらく苦労した甲斐あって、バンジョーの腕もさらに上がったようだとヘンリー・カーショーは言った。ヘンリーによれば、カシアスの音楽は以前にも増して〝心〟を感じさせるようになった。

グランマ・フィッシャーからたびたび素行を注意されてうんざりしたアンドリューは、シャーロットが子ども時代を過ごした家を引き払い、ジャック大佐の粗末な町屋敷に移って、ジャック大佐や姉のジュリエットとともに暮らした。

もっと平和な時代だったら、いま述べたような事柄はゴシップ好きの人々の好奇心をもっともっとくすぐったに違いない。しかし、巷には不穏な空気が漂い始めていた。南部十一州の〝連邦脱退〟――三十年ものあいだ、小さなささやき声にすぎなかったものが、ついに喉も張り裂けんばかりの大声に変わったのだ。

一八五九年十月十六日、急進的奴隷制度廃止論者ジョン・ブラウンが南北の平和を無惨に壊した。ブラウンの行為は南北和平を取り持った者たちの努力を疑問視させ、家族を連邦主義者と分離主義者に引き裂き、長老派教会と米国聖公会とバプテストの信者を北部派と南部派とに分離し対立させた。少数の仲間とおおざっぱな計画、そして大義のためには人殺しも辞さない精神を味方に、ジョン・ブラウンは、バージニア州ハーパーズフェリーの武器庫を襲撃した。その目的は、奴隷たちの暴動を誘発することにあった。ブラウンは周辺の奴隷が主人に対して用いるようにと、一千本の長槍を用意していた。

ローカントリーの農園主は暴動を極端なまでに恐れた。サン＝ドマングで起きた暴動を逃れてアメリカに渡ってきたフランス系の移民たち（ユーラリー・ウォードの両親やロビヤール一家も）から、無邪気な子どもがベッドで眠ったまま殺され、女性たちは陵辱され、戸枠に投げつけられた赤ん坊の脳味噌が飛び出したといった血の凍るような話を聞かされていたからだ。ナット・ターナーやデンマーク・ヴィジーが首謀した奴隷反乱は鎮圧されたとはいえ、ジョン・ブラウンは白人であり、資金を提供していたのも白人だった。北部には、ジョン・ブラウンを殉教者と崇める声もあった。

ブラウンの反乱のあと、穏健派の発言力は弱まり、ラングストン・バトラーのような急進派が議会を牛耳った。そしてふだんは軽々しいことをしない人々までもが彼らの発言を一言たりとも聞き漏らすまいと耳を澄ました。キャスカート・パーヤーは聖セシリア協会から追放された。

ジョン・ブラウンは捕らえられて裁判にかけられ、絞首刑に処されたが、その死体が冷えきる間もなく、ローカントリーにいくつもの義勇軍が組織された――〈パルメット・ブリゲード〉〈チャールストン・ライフルズ〉〈チャールストン・ライトホース〉〈ハンプトンズ・レギオン〉。英国船がチャールストンの波止場にライフルや大砲や軍服を届けた。若者たちは禁酒を誓い、賭博場では閑古鳥が鳴いた。カシアスは愛国的な曲が作られるそばから覚えて弾いた。

その年、ブラウンの反乱からエイブラハム・リンカーンが大統領に選出されるまでに、数々の不吉な出来事が起きた。七頭のゴンドウクジラがサリバンズアイランドの砂浜に乗り上げて身動きが取れなくなった。ガンは例年よりも二月《ふたつき》も早く南へと渡っていった。米はかつてない豊作だった。黒人の呪術師は善と悪のアルマゲドンを予言した。ジェイミー・フィッシャーは妹のシャーロットに、まるで蛇ににらまれた小鳥にでもなったような気分だよと言った。

アンドリュー・ラヴァネルは〈チャールストン・ライトホース〉の隊長に選ばれた。精鋭の義勇軍に軍服を支給するための募金が行なわれるようになると、意見の相違はひとまず措いて、ラングストン・バトラーも惜しみなく金を差し出した。

十一月初旬のある土曜日の朝、アドガー波止場の裏手の防波堤で、ジャック大佐が死体で発見された。チュニス・ボノーの義父ウイリアム・プレスコット師が日曜の説教のなかで老いたる罪人の死に触れたことを除けば、老ジャックの逝去はほとんど話題にならなかった。チャールストンの目は、次の火曜に予定されていた大統領選に注がれていたからだ。

その年の四人の大統領候補者中、奴隷制度に公然と反対を表明していたのは、ひとりだけだった。その人物の獲得票数はライバル候補者たちより三百万近くも少なく、また南部諸州は一票たりとも彼には投じなかったにかかわらず、大統領に選出された。南部の白人の多くは、エイブラハム・リンカーンとジョン・ブラウンとの違いはただ一点、ジョン・ブラウンのほうはこの世にいないことだけだと考えた。

リンカーンが大統領に選ばれてからわずか六週間後、サウスカロライナ州議会はごく短い討議を経て、満場一致で連邦からの離脱を決めた。教会の鐘が鳴り響き、義勇軍が町を行進し、通りではかがり火が焚かれた。

組織されたばかりの義勇軍は、ワシントン競馬場で訓練を行なった。〈チャールストン・ライトホース〉の兵士たちは灰色のズボン、上等の革を使った長靴、金の飾り紐の十字模様のついた緑色の短い上着を制服としていた。下士官は灰色のケピ帽を、将校はシラサギの羽を飾った黒いプランター帽をかぶった。

エドガー・パーヤーとヘンリー・カーショーは中尉に任じられ、ジェイミー・フィッシャーは偵察隊長に指名された。

チャールストンの婦人たちは、意外なことに、〈ライトホース〉のなかなかに勇猛な訓練を敬服しながら見物した。左手で手綱を握り、右手でサーベルを構えた恐れを知らぬ兵士たちが馬を駆り、ずらり並んだ藁《わら》人形に突進していく。まもなく銀色の弧が閃いて、サーベルが振り下ろされる。藁《わら》人形は、ライフル代わりに箒《ほうき》を抱え、北軍の制服と同じ青い色の服を着せられていた。

婦人たちはまた、憎き赤と白と青の連邦の旗を打ち捨て、サウスカロライナの新しい州旗を掲げる青年たちをうっとりと見つめた。

ローズマリー・ヘインズは声が枯れるまで声援を送った。

アンドリュー・ラヴァネルはまるで生まれ変わったかのようだった。ふさぎこんでばかり、呑んでばかりだった男は、快活な人間になった。他人の気持ちに鈍感だった男に、思いやりの心が芽生えた。新たな体制に仕える者として、アンドリュー・ラヴァネルは王になったのだ。

チャールストンに派遣されていた北部の駐屯兵は、まるで夜盗のごとく、サムター要塞に退却して息をひそめていた。サムター要塞はチャールストンの港の真ん中に位置する、難攻不落の要塞だ。憤慨したチャールストンの人々は、サウスカロライナ州の所有物が占拠されたことに抗議を表明し、リンカーン大統領に向けて、サムター要塞の駐屯兵を交代させたり、物資を補給したりしようと試みれば、激しい非難の矢面に立つことになるだろうと警告した。

騎兵隊の朝の訓練を見物したあと、自宅に帰るたび、ローズマリーの気持ちは沈んだ。深呼吸をし、メグがいるではないかと自分を慰めるしかなかった。〈ライトホース〉の訓練が予定されていない日は、頭痛を訴えて昼まで床を離れなかった。

ローズマリー・バトラー・ヘインズは、離れていこうとする気持ちをどうにか引き止めなくてはいけないことをよく承知していた。ジョン・ヘインズは善良な人物だ。自分は乗馬がうまいなどと自慢したことなど一度でもあっただろうか。それどころか、夫は乗馬が下手なことを自ら冗談にするような人なのだ。ジョンの指がいつ見てもインクで汚れているのは、仕事をしているからだ。仕事をしていたら、インクで手が汚れるのは当たり前のことではないか。

それでも、朝、夫を送り出してひとりきりになると、ローズマリーの心はアンドリュー・ラヴァネルのキスの思い出に占領されてしまう。彼女とシャーロットの友情には亀裂が生じていた。チャーチ通り四十六番を訪ねるたび、シャーロットはこう言って追い返される。「ローズマリー様はお留守でございます」「ローズマリー様はご気分がすぐれませんので」幼なじみはいまやアンドリューと家や人生や、輝かしい希望、それにベッドまで分かち合っているのだ。その幼なじみと楽しいおしゃべりなどできるはずがない。

自分は人生の選択を誤ったかもしれないという後悔の念を、ローズマリーは必死で振り払おうとした。

夫はよくささやかな贈り物を持ち帰った。銀の一輪挿し、ピンクゴールドの透かし細工のブローチ。一輪挿しの装飾が目障りなほど華やかだったとしても、ブローチがローズマリーの手持ちの服のいずれにも合わなかったとしても、果たしてそれはジョンのせいだろうか。

ジョンが政治を話題にすることはなく、〈ライトホース〉の訓練も一度も見にいったことがない。チャールストンではごく少数派になった連邦主義者をかばうことさえあった。「意見が異なるからといって、正直な人間を非難攻撃しなくてはならないということはないだろう？」ジョンは安息日以外は毎朝チャーチ通りを歩いて波止場のヘインズ＆サン社の事務所へと通った。そこで船長や船員、荷主、保険業者らと交渉をして一日を過ごす。ある春の夜、ローズマリーがたまたま屋敷の正面の窓から外を見やると、ほっとしたような笑みを浮かべて玄関前の階段を急ぎ足で上ってくる夫が見えた。それ以来、ジョンが帰る時分には正面の窓に近づかないように気をつけた。夕食前に一時間ほどジョンがメグと遊ぶあいだ、ローズマリーは自室に引きこもっていた。

夕食がすむと、夫婦はメグが簡単なお祈りを唱えるのに付き添い、そのあとベッドに入れてやった。それからジョン・ヘインズは、ブルワー＝リットンなど、進歩的な作家の作品をローズマリーに読んで聞かせた。「もちろん、もっと軽めのものがよければ、そうするが。たとえば、スコットあたりはどうかな」

ジョンは毎晩、チャールストンと南部諸州のために祈りを捧げて一日を締めくくった。我らが指導者たちが賢明な判断を下しますようにと祈った。また友人や親類の名をいちいち挙げながら、彼らの健康と幸福を祈った。階段のてっぺんで別れてそれぞれの寝室へ向かう前に、ジョン・ヘインズはときおり期待を込めて妻の体調を確かめた。

「ごめんなさい、あなた」ローズマリーは小声で返事をする。「今夜は……」

罪悪感が募って押しつぶされそうになると、ローズマリーはやけに朗らかな声で答えた。「ええ、今日は大丈夫そうよ、ジョン」すると夫は妻と夜を過ごし、翌朝は口笛を吹きながら出かけていった。口笛なんてやめて――ローズマリーはそう強く念じた。口笛を聞くと頭痛がした。

幼い娘メグはローズマリーとジョンの共通の喜びだった。

父親のジョンはこんな話をした。「馬車でホワイトポイント公園へ連れていったとき、黄色いショールを巻いたメグが立ち上がって、兵士たちに敬礼したんだ。それに気づいた兵士たちがサーベルを抜いて返礼したら、刃が鞘にこすれる音が怖かったんだろうね、かわいそうに、メグは泣きだした」

母親のローズマリーはこんな話をした。「うちのお転婆さんたら、自分の青い靴をどうしたと思う？　メグはあの靴が嫌いだったみたいなの。それでクレオに、あの靴をもっと貧しい子にあげてと言ったそうよ。〝あたし、靴ならいっぱい持ってるから〟って」


サウスカロライナ州に続いて、ミシシッピ、フロリダ、アラバマ、ジョージア、ルイジアナ、テキサスの各州が連邦から離脱した。

その年の一月は例年になく寒さが厳しかったが――ピードモント高原で雪が降ったくらいだ――チャールストンの人々はそれをものともせず、独立したサウスカロライナでの初めて開催されるレースウィークに集まった。

ジョン・ヘインズは、ニューヨークとフィラデルフィアからのツアー船の運航を中止し、代わりにリッチモンドやボルティモアで客を募った。

目の肥えた観客は、ラングストン・バトラーのジェロ号とジョン・キャンティのアルビーネ号の対戦は、百年に一度の名勝負だったと言い合った。噂によれば、ラングストン・バトラーは、ジェロ号を二万五千ドルで買おうという申し出を断ったという。

ハイバーニアン・ホールは聖セシリア協会主催の舞踏会のため、愛国をテーマにした飾り付けを施されていた。チャールストンの義勇軍の色とりどりの旗が壁を飾り、床には（いくぶんやぶにらみ気味ではあったが）鋭い目つきをしたワシの絵柄が描かれた。

舞踏会の幹事ジョン・ヘインズは、上着の襟に白い花を挿していた。

協会の楽団は、日常の労働から解放された家奴《かど》たちで構成されている。楽団の指揮者ホレースは、楽譜をやけに几帳面に指揮台に並べるくせに、じつは音符一つ読めないらしいというのがチャールストンではお決まりの冗談になっていた。それでも彼の器用な楽団は、荘厳なフランスのカドリールも、若者が好む快活なリールも見事に演奏した。カシアスの威勢のいいバンジョーがリールの軽快なリズムをいっそう引き立てた。

開戦の瀬戸際にあったその晩、チャールストンの女性陣はいつにまして美しかった。うら若き乙女たちは、まさに祈りが人の形をして現れたかのように神々しかった。歴史のなかで、どれだけの勇敢な男たちがそのような美のためにに戦い、死んでいったことだろう。その夜、その舞踏室に居合わせた者たちは、その胸を貫くような美しさをその後も決して忘れなかった。

彼女たちをエスコートする紳士たちは、まもなくその肩にのしかかろうとしている重大な責任を予感しながらも、厳粛で誇らしげな表情を浮かべていた。そしてそのいかにも気負った仮面のすぐ下には、いざ試されたときには、ぜひとも自分の勇気を証明したいという切望があった。

開戦の予感は、華やいだ気分を一種異様な興奮状態へと押し上げた。連邦はサムター要塞から撤退するだろうか。それとも、砲撃によって屈服させなければすまないだろうか。バージニア州やノースカロライナ州は連邦から脱退するだろうか。ラングストン・バトラーとウェイド・ハンプトンはアラバマ州モントゴメリーに行っている。南部連合の暫定大統領選出のためだ。トゥームズ、ヤンシー、デーヴィス——時の人になるのは果たして誰だろう?

「あら、ジェイミー」ローズマリーは声をかけた。「どうして軍服を着てないの?」

「僕が軍服を着ると、人間になりたがってる猿みたいだから」細作りの青年は打ち明けた。

ローズマリーの顔は高ぶったように紅潮していた。「戦争になるかしらね、ジェイミー? こんなこと言ったら罰当たりかもしれないけど、私は戦争が始まるといいと思ってる」

「アンドリューもすっかりやる気になってる」ジェイミーは身震いした。「ほら、見ろよ。聖セシリア協会の舞踏会に拍車つきの靴で来てる! 信じられないな」

アンドリュー・ラヴァネルはローズマリーに微笑んでみせた。

ローズマリーはアンドリューの視線を避けた。「あなたはどうなの、ジェイミー？　あなたはどう思う？」

ジェイミー・フィッシャーは肩をすぼめた。「僕は兵士向きじゃないからね。そりゃあ、戦うべきとなれば戦うさ。しかし、戦争が始まれば、いろいろ嫌なことも起きる」ジェイミーの唇から皮肉な笑みが消えた。「たとえばだ、戦争が起きたら、馬たちはどうなる？　馬は政治のことなんか気にかけてやしないのに」

ジュリエット・ラヴァネルがジェイミーの肘を扇で軽く叩いた。ミス・ラヴァネルのもとには各義勇軍から旗に刺繍をしてくれという依頼が殺到しており、世間の注目を浴びてご機嫌だった。タフタのドレスのデザインは申し分なかったが、残念ながら、紫はジュリエットには似合っていない。「ミセス・ヘインズ」ジュリエットは膝を曲げて芝居じみたお辞儀をした。「今夜は盛り上がってるわね。どう、あなたのダンスカードはいっぱい？」

「ジョンが踊りたがらない曲は、ヘインズ家の年配のいとこがエスコートしてくれることになってるわ。木製の義歯をつけた口臭のきつい禿《は》げ頭の紳士たちが、魅力にあふれた親戚の婦人をエスコートする権利を奪い合っているというわけ」

ミス・ラヴァネルは自分のカードを確かめた。「ところでジェイミー、私はワルツ二曲とプロムナードが空いてるけど」

「きみがリードしないと約束してくれるかい?」

ジュリエットは海をも一瞬で凍りつかせられそうな笑みを返した。

複雑な回転が続くあいだ、パートナーのほうが爪先を彼に踏まれないよう気を配ってくれれば、ジョン・ヘインズもどうにかカドリールを踊りきれた。ドゥ・タンのとき、ローズマリーは作り笑いを顔に張りつけていた。「ごめんよ」夫はささやいた。「まったく。この不器用さには我ながらあきれるしかないな」ローズマリーの背中に当てられたジョンの手は肉を盛る大皿のように真っ平らで、ウエストに置かれたぽっちゃりとした手は所有権を誇示するようだった。ダンスのおしまいにお辞儀をすると、ジョンは真剣な面持ちで言った。「ローズマリー、きみはここにいる誰よりもきれいだ。僕はサウスカロライナ州一の幸せ者だよ」

ローズマリーは自分の手を彼の手から引っ込めたい衝動を抑えた。「サウスカロライナだけ?」どうにかそう冗談を返す。

「世界一だ。この祝福に満ちた世界の、すべての祝福に満ちた大陸のどこを探しても、僕ほど幸運な夫はいない」ジョンのぽってりとした温かな唇が彼女の手に押しつけられた。

次もドゥ・タンで、その次はプロムナードだった。カドリールの始まりにみなが列を作ろうとしたとき、入口が騒がしくなった。幹事のひとりがあわてた様子でジョンに駆け寄ってくると、耳もとで何事かささやいた。

ジョン・ヘインズは妻のほうを振り返った。「ローズマリー、波止場へ行かなくてはならなくなった。軍需品が陸揚げされたんだが、本来は北部に行くはずのものかもしれないとかでね。残りのダンスは、誰かほかの者に相手を頼んでくれ。僕の仕事のせいでせっかくの舞踏会がだいなしになったらもったいない」

ローズマリーは承諾した。

ジョン・ヘインズが立ち去って十分後、アンドリュー・ラヴァネルがローズマリーの隣に現れた。ヘアトニックのベイラムの香りと、かすかな汗の匂いがした。彼のお辞儀はやけに恭《うやうや》しかった。「ローズマリー……」

「ラヴァネル隊長、お話しすることなら何もありませんけれど」

アンドリューは悲しげに微笑んだ。「きみが腹を立てるのも無理はない。僕はローカントリーの誰より破廉恥な男だからね」

「この前、親しくお話をしたとき、あなたの行為が私の評判に傷をつけました。いま私が結婚してるのは、あなたのせいだとも言えます」

「まさか、不幸な結婚だとでもいうのかい？　ジョン・ヘインズは……夫としてはまずまずの男だろうに」

ローズマリーは怒ったように目を細めた。「失礼するわ、ミスター・ラヴァネル」

アンドリューは驚いたような顔で眉を吊り上げた。「なあ、またしてもきみを怒らせちまったなら……」

「私は以前のあなたの行為をまだ許してないの」ローズマリーは言った。

「僕だって自分を許していないさ！　僕のあの血迷ったキスはその報いに見合う

ものだったろうかと考え始めて、眠れなくなることもある。だが、ローズマリー、あれは夢のような一瞬だったろう？　ふう！　一生忘れられないだろうな……ローズマリー、僕は運命の皮肉を憎んでる。きみもそれは同じだろう？　僕の愛の告白が、僕らを引き裂くとは――それぞれが別の相手の腕に抱かれることになるとは」

「愛の告白？　隊長、私をそこまで馬鹿だと思ってらっしゃるの？　あれは愛の告白だったと勘違いするような愚か者だと思ってらっしゃるの？」

アンドリューは心臓に片手を当てた。「どこか遠くの戦場で瀕死の重傷を負って倒れたとき、僕が最後に思い出すのはあのキスだろう。ワルツのひとつも踊ってくれないまま、僕を戦争へ送り出そうというのかい」

「隊長、死に瀕して人が最後に想うのは、自分の愛する者のことでしょう。あなたが天国へ旅立つ間際に思い出すのは、シャーロットの顔であるはずです。私の顔ではないわ。もちろん、もっと最近になって口説き落とされた方がいらしたりして、その方がシャーロットも押しのけてしまうようなら話は別ですけれど」

アンドリューの頬が赤くなった。それから、周囲までついつられて一緒に笑い出したくなるような笑い声をあげた。アンドリューはまたしても胸に手を置いた。

「ローズマリー、たしかに僕は貞節な夫とは言えない。だが、最後の瞬間に僕の意識を占領する権利はきみに保証できる」

「どのみち戦争など起きやしないわ」

「愛しいローズマリー、戦争はかならず起きるよ。僕らの軍服にはアイロンがかけられ、剣は砥がれ、銃には火薬が詰められている。ああ、ローズマリー、楽団が音合わせを始めた。きみがどれほどダンスが上手か、僕は忘れてない」

アンドリュー・ラヴァネルと踊るのは、危険で甘い会話に似ていた。アンドリューはローズマリーのニュアンスを敏感に汲み、それを具体的な言葉に換えた。彼のリズムはローズマリーのリズムに熟考を加え、注釈を施した。

曲は——シュトラウスのワルツだった——あっという間に終わっていた。周囲の人々がパートナーを賞賛するなか、ローズマリーは火照った顔を扇であおいだ。

「もう一曲おつきあい願えますか」

結局、アンドリュー・ラヴァネルは、ジョン・ヘインズがパートナーを務めるはずだった曲をすべて踊った。一度めの休憩が宣言されるなり、グランマ・フィッシャーがローズマリーを脇へ呼び寄せた。「シャーロットは泣きながら帰ってしまいましたよ！　ローズマリー、していいことと悪いことをよく考えなさい！」だが、もう考えてなどいられなかった。これ以上、自分の気持ちを否定することはできなかった。

真夜中になって、カドリールのあと、カップルたちは冷たい軽食の用意されたダイニングルームに移動した。紳士たちはベランダで一服した。煙草の香りが、熱気のこもった天井の高いダイニングルームまで漂ってくる。ローズマリーを子どものころから知っている誰ひとりとして彼女と目を合わせようとせずにいた。まるで透明人間にでもなったかのようだった。

「毒を食らわば皿まで、だな……」アンドリューはローズマリーの耳にささやき、こう呼びかけた。「ヘンリー・カーショー。おい、ヘンリー。僕らの食事につきあってくれないか」

僕ら？　僕ら？　いつの間に〝僕ら〟になっていたのだろう。「だめよ」ローズマリーはアンドリュー・ラヴァネルの腕を振り払った。

ローズマリーがベランダに逃れると、紳士たちが道を空けた。通りの真向かいにあるギャリティの酒場の前では、ガス灯の明かりが作る円のなか、酔っ払った義勇兵たちが陽気に歌っている。

どうしよう！　なんてことをしてしまったんだろう！

コンスタンス・フィッシャーがショールを体にしっかりと巻きつけながら、あとを追ってきた。「ローズマリー、コートはどうしたの」

ローズマリーは首を横に振った。

「とにかく聞きなさい、ローズマリー……」

ローズマリーの頬を涙が伝い落ちていた。「ああ、グランマ・フィッシャー、私は大馬鹿者だわ。どうしようもない大馬鹿者です。なんてことをしてしまったのかしら」

老婦人の肩からほんの少し力が抜けたように見えた。「そう、あまりにも思慮の足りない振る舞いでしたね」

「ジョンはどう思うかしら？　シャーロットは？」

「私があの子なら……」

「ああ、グランマ・フィッシャー！　私はどうしたらいいの？」ローズマリーは手すりにすがりつくようにした。

グランマ・フィッシャーはローズマリーの肩にそっと手を置いた。「チャールストンの淑女らしくなさい。夫に瓜二つの白黒混血児を前にした妻たちがしてきたように、酔った夫がベッドに近づいてくる足音で目を覚ましたチャールストンの女たちがしてきたように。顔に笑みを張りつけて、神は天におわしまして、神がお造りになったこの世界には何も――そう、何一つ悪いことなど起きていないふりをするのです」

その晩の残りの時間を、ローズマリーはコンスタンス・フィッシャーのそばに座って過ごした。アンドリュー・ラヴァネルはローズマリーに近づこうと試みたが、妻の祖母ににらまれて退散した。

アンドリューは舞踏会で一番若く美しい乙女と飛ぶように踊った。乙女はうっとりとアンドリューを見上げていた。

アンドリューは磁石ね——ローズマリーは思った。磁石が自分の行為が招く結果を顧みるわけがない。

夜も更けたころ、入口がふたたび騒がしくなった。ジョン・ヘインズが満面の笑みを浮かべて妻のもとへ駆け寄った。彼はジュリエット・ラヴァネルの執拗な手を払いのけて言った。「すまないが、あとにしてください、ジュリエット」

ジョン・ヘインズに続いて黒髪の紳士がハイバーニアン・ホールに入ってくると、お仕着せを着たボーイにコートを預けた。指揮者のホラースが拍子をとりそこね、楽団の演奏が乱れた。踊っていた人々が一組、また一組と足を止めて振り返り、黒髪の紳士を遠慮のない目で見つめた。

ローズマリーは息を呑んだ。

レット・バトラーのベルベットの幅広の襟には真っ赤なカーネーションが飾られていた。シャツの前を華やかなフリルが埋め尽くし、飾りボタンは豆ほどの大きさの黄金の塊だった。レットはつば広のプランター帽を脱いで小脇に抱えている。兄の手は、ローズマリーの記憶にあるよりもずっと大きく見えた。

「こんばんは、バトラー船長」ホラースが挨拶した。「ずいぶんとご無沙汰しました」

「やあ、ホラース。そしてきみは――カシアスだね？　バンジョー弾きの？　きみの名は世に轟いてるよ。見事な演奏をするという評判はニューオーリンズまで聞こえている」

カシアスは哀愁を帯びた高い和音をかき鳴らした。「ありがとうございます。バトラー船長のお名前を知らない者もおりませんでしょう」

レットは両手を挙げた。「どうか私のせいで音楽を中断しないでくれたまえ。せっかくの祝典を邪魔したくない。一晩では祝いきれないほど祝うべきことがあるでしょうからな。勇敢なチャールストンが眠れる北部の巨人をつついて目覚めさせる日が来ようなどと、誰に想像できたでしょう？」レット・バトラーはそう言うと深々と一礼した。黒髪が光を受けて輝いた。

「おお、エドガー・パーヤー。将校になったんだって？　あそこにいるのはヘンリー・カーショーか？　ああ、やっぱりそうだ、ヘンリー・カーショー中尉殿だ。そして我が旧友アンドリューは……」

アンドリュー・ラヴァネルは言葉を失って立ち尽くしていた。

兄の笑いじわは、ローズマリーにとって懐かしく愛しいものだった。兄があれほど優雅な人物であることを忘れていたとは。ローズマリーは夢を見ているような心地のまま、兄のほうへと歩いていった。

レットのまなざしから笑みがすっと消えた。

カシアスがスティーヴン・フォスターの『おやすみ、愛しいひと』の出だしの甘い旋律だけを奏で、いったん手を休めた。

「小さなローズマリー、我が愛する妹」ローズマリーの手を取った兄の目には涙が光っていた。「この曲を私と踊ってくれないか」

第9章

ジョージアの大農園でのバーベキュー

レット・バトラーは無力感の淵に突き落とされていた。これほど深く自分の無力を痛感させられるのは、十二年前のあの晩、ジャック大佐の屋敷のポーチでウィスキーを呑みながら、人生に意味などないとふいに悟ったとき以来だった。サムター要塞を砲撃しただと！　愚か者どもめ、自分たちがいったい何を始めてしまったか、ちゃんとわかっているのだろうか。

レットは言った。「ミスター・ケネディ。荷はターミナル駅で受け取りましょう。手形はアトランタの私の取引銀行が引き受けるはずです」

フランク・ケネディは生姜色の貧弱なひげをなでながらレットの小切手を裏返した。何も書かれていないはずの裏面にもっと詳しい説明が記載されているのではないかとでもいうように。「よろしい。ではそういうことで……」

「ご心配であれば……」

「いやいや、ミスター・バトラー、心配など」フランク・ケネディは首をやけに勢いよく横に振った。

ふたりの紳士は、ケネディが経営するジョーンズボロの商店にいた。干草架、スモークハム、干し草用の熊手などが梁からぶら下がっている。通路には衣料雑貨や農耕具が雑然と並んでいた。店内には軟膏や糖蜜やパインタールの匂いが染みついている。

チャールストンの尊敬に値する紳士たち――ラングストン・バトラーもそのひとりだ――が戦争に火をつけたとは！　思い上がって高潔ぶった、信仰心だけは立派な、救いようのない愚か者たちめ！

黒人の店員がひしゃくで慎重にテレピン油をすくって陶製の壺に移している。別の黒人は床を掃いていた。外見こそぱっとしないが、フランク・ケネディは町の重鎮のひとりだ。五十人の奴隷を所有し、アトランタでももう一軒商店を経営していて、上質の綿が穫れる数千エーカーの農園も持っている。レットはケネディが貯蔵していた綿花を買い占めた。それで一財産築けるだろう。それなら、もっと気分が浮き立ってもよさそうなものではないか。

なのに、気分は地獄にも届きそうなほど沈んでいる。

「あなたはやり手だと評判だ」ケネディは目をしばたき、言い直そうとした。「いや、その……」

レットは表情ひとつ変えずに応じた。「なかには無法者と罵る者もいる」

ケネディは髪をかきあげた。「気を悪くなさらないでください。そんなつもりはなかった」彼はレットの小切手を折り畳んで財布にしまった。その財布もポケットにしまうと、ポケットを軽く叩いた。

無法者なら、代金を踏み倒したり、やたらに決闘を申しこんだりはするかもしれないが、褒め殺して閉口させたりはしないはずだ――レット・バトラーはそう思ったが、口に出さなかった。

ばつの悪そうな顔をしていたケネディは、ふと思いついたように言った。「そうだ、ミスター・バトラー」ケネディはぼんやりとまたポケットを軽く叩いた。「今日の午後は何か予定がおありかな。よかったら田舎のほうに足を延ばしてみませんか。ジョン・ウィルクスが息子の婚約を祝うバーベキュー・パーティを開くんですよ。誰でも歓迎だそうで。トウェルヴ・オークス屋敷のもてなしぶりといったら……なんと表現したらいいか」賞賛の言葉を探しているように、ケネディの目があちこちをさまよった。「とにかく、トウェルヴ・オークスのパーティはこちらじゃ有名なんですよ！」彼はおおよそ北の方角を指さした。「アトランタの近くにありましてね。いかがでしょう、一緒に行きませんか。列車の時間に間に合うようにまたジョーンズボロにお送りしますよ」

午後十時の列車に乗る予定だった。こう気分が滅入っていては、ここジョーンズボロのホテルで過ごす午後は永遠に思えるほど長いに違いない。というわけで、レット・カーショー・バトラーはフランク・ケネディの誘いに応じることにした。人が考えている以上に、ごく些細な決断がその後の人生を一変させるものだ。

ケネディの一頭立ての四輪馬車は、花開いたばかりのアメリカハナズオウの林を抜けた。ニオイベンゾインの芳香が漂ってくる。道から少し奥に入ったところでは、ハナミズキがまるで亡霊のようにかすかな光を放っていた。

ジョージア州北部地方のもっとも美しい季節だった。その美しさがレットの気持ちをいくらか明るくした。この冬はマンハッタンで過ごしたが、どこのレストランでも社交クラブでも、話題と言えば戦争のことばかりだった。クーパーユニオン・ファウンデーション・ビルでのエイブラハム・リンカーンの演説を聞いたレットは、西部から来たひょろりと背の高い馬面の男は、おそろしく手強い敵になるだろうと確信した。北部はすでに十万の兵を集めている。ニューヘヴンに行ったとき、ある鉄砲製造会社の経営者は、人当たりのよいミスター・バトラーに、銃を造るのに必要な機械類が手に入らなくて困っていると打ち明けた。「注文が殺到して、生産が追いつかないんですよ」銃製造業者は愚痴をこぼした。「ミスター・バトラー、銃身を削る旋盤をどうにか手に入れてもらえませんかね」

ある日曜の午後、レットはブルックリン海軍造船所を見学した。百隻もの軍艦が戦争の準備を施されていた。船体はハンマーで打たれ、鍛えられ、銅版で補強されている。足場の上でペンキ塗りがせっせと刷毛を動かし、帆縫い小屋では何百人もの女性が針を動かしていた。日曜だというのにだ。

南部は、勇猛さだけを武器に、巨人ゴリアテと戦おうとしているのだ。

なんという愚行か！

レット・バトラーは南部の洗練された礼儀作法や歓待の精神、物憂げでのんびりとした話しかたのすぐ下に隠された激しい気性を心から愛している。しかし、南部人は、見たくない現実には目をつむる。そんなことでは、現実が勇猛さを御してくれるとは期待しようがない。

フランク・ケネディはレットの沈黙を、未知の人物が主催するパーティに乗りこんでいく不安と誤解した。そこでその不安を取り除いてやろうとして言った。パーティの主催者ジョン・ウィルクスは〝昔気質のジョージアの紳士〟であり、息子のアシュレーも、むろん年齢こそ若いものの、昔気質の紳士だし、アシュレーの婚約者メラニー・ハミルトンは〝小柄で痩せている〟が〝聡明な女性〟だ。

客が何の反応も示さないため、フランクは続けて、パーティに来るはずの若者たちの名を挙げていった。タールトン家、カルヴァート家、マンロー家、フォンテイン家の子息たちが招かれているはずだ。「トニー・フォンテインがブレント・タールトンの脚を撃ってしまうという事件がありましたが――ふたりともへべれけだったんですよ！――それを冗談にして笑ったそうで。そう、冗談のねたにしたというんですよ！」ケネディはそう言ってかぶりを振った。ふたりに呆れながらも、どこかうらやましく思ってでもいるように。

レット・バトラーは、南部の大失態から利益を上げるなど道理に反すると考えるような感傷的な人間ではなかった。世界の綿花の三分の二はアメリカ南部で生産されている。リンカーン大統領は海軍に命じて南部の港を封鎖するに違いないとレットはにらんでいた。港が封鎖されれば、綿花の価格は暴騰するだろう。一方、レットが買い占めた綿花は、南部の港が封鎖される前に、無事バハマ諸島に運ばれているはずだ。

金が欲しいのではない。レットにとって金銭は、すでにむなしいだけのものになっていた。いまの気分は、ごっこ遊びに興じる子どもたちを見守る大人のそれだった。子どもたちは歓声をあげ、手を振り回し、インディアンだの英国兵だの北部の兵士だのになりきっている。肩を怒らせ、戦争ごっこをしているのだ。まったく泣きたくなる。彼が何をしようとやめさせることはできないのだ。レット・バトラーはまったくの無力だった。

客が黙りこくっているせいで居心地が悪いのだろう、フランク・ケネディは次から次へとまくしたてていた。「ジョン・ウィルクスは無学な田舎者とは違いますよ、ミスター・バトラー。違います。ウィルクス家の図書室にはあふれんばかりに書物が並んでるんですよ。きっと何百冊とあるでしょうな。ジョン・ウィルクスは紳士が読んでおくべき本はすべて読破してますし、息子のアシュレーもそんな父親を見習っているようです。蛙の子は蛙ということでしょうね。そうだ、ジェラルド・オハラにもご紹介しますよ。大した人物でしてね！　ジェラルドはサヴァナの出だそうで。もっとも、生まれはアイルランドですが。いやいや、アイルランド人だからどうということはありませんよ。じつは私はお嬢さんのスエレンと交際してましてね、アイルランド人に含むところがあれば、交際などしないでしょう。ははは」

ケネディは返事を期待しているようだったが、レットは遠くを見つめていた。

「とにかく」フランクは沈黙を埋めようと言葉を継いだ。「ジェラルドはタラ農園を購入したのを機に、クレイトン郡へ移住してきたんです」フランクはいかめしい顔で馬を見やった。「スエレンは美人ですよ」そう言って膝をぴしゃりと打つ。「ジョージアが誇る美人のひとりです」

しばし沈黙が続いた。

レットはチャールストンはいまごろどんな様子だろうかと考えていた。一緒に学んだ友人たちは銃を手にサムター要塞を攻撃し、その背後では年配の者たちが好戦的になっていく一方の演説をぶちあげているに違いない。

ローズマリーとジョンに疎開を勧めるべきだろうか。〝戦況が落ち着くまでのあいだだけだよ、ジョン。きみのような男は、カリフォルニアで運試しをしてみるといいかもしれないな。ロンドンもいいぞ。メグだってロンドンに行ってみたいと言うんじゃないか。それにローズマリーは……〟

アンドリュー・ラヴァネルとローズマリーは、あの聖セシリア協会主催の舞踏会でスキャンダルを起こした。あれきりジョンとローズマリーは口をきいていないらしい。

「私のスエレンはときどき〝辛辣な〟ことを言ったりするんですよ」フランク・ケネディが話していた。「ただ、言ったそばから後悔する。あなたは世慣れたお方だ、ミスター・バトラー。想像がつくでしょう」

レットは〝辛辣な〟ことを言ってやりたい衝動に駆られたが、どうにか抑えつけた。

馬車はフリント川の浅瀬を渡り、坂道を軽やかに登っていった。平屋根に煙突をずらりと並べた農園屋敷は、ブロートンに比べれば小さいとはいえ、充分に立派だった。コリント式の太い円柱が屋根を支え、その屋根に守られて、屋敷の三方をベランダがぐるりと囲んでいた。

「まあ、すぐに納得されるでしょうよ」フランク・ケネディは念を押すように言った。「トウェルヴ・オークスのもてなしぶりときたら――それはもう、有名なんですから！」

玄関前の車寄せは、馬や馬車から降りる人々でにぎわっていた。黒人の馬丁たちは馬を預かり、馬具を解いてやっている。客たちは、先週も顔を合わせたばかりだろうに、まるで何年も会っていなかったかのように興奮しながら隣人と挨拶を交わしている。

豚肉が焼ける香りが漂っていた。ヒッコリーを使ってスモークしているらしい。ベランダでは、晴れ着に身を包んだ若い娘たちが、脚をぴたりと包む灰色のズボンにフリル付きの麻のシャツという出で立ちのエスコート役の若者たちと戯れている。年配の客たちは深刻な顔で体の不調や薬について語り合い、子どもたちはツバメのように芝生の上を飛び回っていた。

優雅で愉快な南部の午後の風景。これが見納めになるのだろうか。これが南部の葬儀になるのだろうか。

フランクとレットを出迎えたのは、若い女性を連れた貴族的な風貌の白髪の紳士だった。

「こちらはミスター・ジョン・ウィルクスとお嬢さんのミス・ハニー・ウィルクスです。こちらはミスター・レット・バトラー。ミスター・バトラーとは今日、たまたま商談があって会いましてね、そのとき、日々の心配事から一時《いっとき》逃避しようじゃないかと思いつきましてお誘いしました。ジョン、ご迷惑でなければいいのですが」

「拙宅は紳士の方々を心から歓迎いたしますよ」ジョン・ウィルクスは飾り気のない口調で言った。「ようこそトウェルヴ・オークスへ」

「ご親切痛み入ります」

「おや、お国なまりがあるようですな」

「生まれも育ちもローカントリーなもので」

ウィルクスは眉を寄せた。「バトラー……レット・バトラー……ふむ……どこかで聞いたような……?」

ウィルクスが目を瞬かせた様子を見て、レットは悟った——たしかに〝どこかで聞いて〟いて、しかもその内容を思い出したに違いない。しかし、ウィルクスの笑顔はぴくりともしなかった。「いや、大したことじゃなさそうだ。おい、トム！　飲み物を差し上げてくれ。ミスター・ケネディとミスター・バトラーは埃っぽい道をはるばるいらしたのだからね」

ハニー・ウィルクスがはしゃいだ様子で手を振った。「見て、お父様。オハラ家のみなさんがいらしたわ。フランク・ケネディ！　気のきかない方ね！　スエレンが馬車を降りるのに手を貸してさしあげたら？」

フランクはあわてて務めを果たしに駆けつけた。レットはパーティの主催者《ホスト》に慇懃《いんぎん》に会釈をすると、ベランダの誰もいない一角に移動した。来たことを後悔し始めていた。

トウェルヴ・オークス屋敷は、交尾の季節のミツバチの群れさながらににぎやかだった。きっと幾つかの縁組みが成立することだろうし、スキャンダルのひとつやふたつも生まれるに違いない。花をふんだんに使ったパリ土産の香水の香りの渦の奥、華やいだ気分や浮いた言葉や冗談のなかから、ロマンスが生まれようとしている。まるで誰もまだ恋をしたことがないかのように初々しいロマンスが。

レットは緑色のドレスをまとったうら若い女性に目を留めた。胸が高鳴った。

「驚いたな」ひとりそうささやいた。

とびきりの美人というわけではない。顎は尖りすぎだし、輪郭は強すぎる意志を感じさせた。上流階級の娘らしく肌は透けるように白く——淑女は容赦のない太陽に肌をさらしてはならないのだ——上流階級の娘にしては珍しく活発だった。レットが目で追っているあいだにも、その娘は若い男の腕に親しみのこもった仕草で無造作に触れた。

レットの視線を感じ取ったのか、その娘が顔を上げた。困惑の表情を浮かべた緑色の視線とレットの黒い視線が絡み合った瞬間、火花が散ったように思えた。だが、娘はすぐにつんと顎をあげると、隣の若い男と浮ついた会話を再開した。

戦争が迫っていることなど、たちまち頭から消えた。戦争がもたらす惨状を憂える気持ちも消散した。まるで癒しの泉からあふれるように、希望がレット・バトラーの心を満たした。「驚いたな」レットは乾いた唇を舌で湿した。「あの娘は私と同類じゃないか！」

心臓の鼓動がゆっくりになった。娘に背を向けながら、ひとり微笑した。異性に心を奪われるなど、いったいいつ以来のことだろう。

匂いを頼りに、バーベキューが行われている場所を探し当てた。木陰に点々と置かれたテーブルにはベルギー産のキャラコのテーブルクロスがかけられ、英国製の銀器とフランス製の陶器が並べられていた。人のまばらなテーブルを選んで腰を下ろすと、使用人がさっそく皿とワインのグラスを運んできた。いつのまにかさっきの娘のことをまた考えていることに気づいて、レットはあきれたように首を振り、二杯めのワインを飲み干した。

スモークされた豚肉にはしっかりとしたこくがあったし、ポテトサラダの酸味と甘みも申し分なかったが、テーブルの反対端から、酔ったふたりの若者が見知らぬ男をうさんくさそうににらみつけていた。やがてふたりは聞き捨てにならない当てこすりを口にし始めた。レットはデザートを断ると、クログルミの老樹が作る木陰に避難して葉巻に火をつけた。まもなくジョン・ウィルクスがやってきた。レットは丁重に礼を述べた。「ミスター・ウィルクス、このようなもてなしには、メーソン＝ディクソン線（奴隷制存続派と廃止派を分ける境界）のこちら側でしかあずかれません。歓待の精神は北部の冬を越せないようでしてね」

「こちらこそいらしていただけて光栄ですよ。ところで、ミスター・ケネディから、最近まで北部にいらしたと聞きましたが」

「ええ、そのとおりです」

「北部は戦うつもりでいるんでしょうか」

「もちろんですよ。エイブラハム・リンカーンは白旗を掲げるような人物ではありません」

「しかし、我が南部の勇敢な若者たちは……」

「ミスター・ウィルクス、あなたは初対面の私を歓迎してくださいました。まさによきサマリア人のお手本だ。感謝しております」

「感謝のあまり、南部同盟の将来の見通しをそのサマリア人に話すのは気が引けるということですかな」

「ミスター・ケネディから、お宅には素晴らしい図書室があるとうかがいました。

あとで拝見させていただけないでしょうか」

あの娘――ドレスを着た緑色の瞳の娘――が取り巻きの男たちに囲まれて座っているのが見えた。紫檀の椅子はさながら玉座だった。あの娘は王女だ。いや、お気に入りの騎士に囲まれた若き女王だ。彼らのお世辞や冗談にやけに熱心に応じている。その様子はまるで、初めて大役を与えられて力の入りすぎた、純情な娘役の女優のようだった。

「まあ、なんて馬鹿馬鹿しい！」崇拝者のひとりの冴えない冗談を、女王はそう笑い飛ばした。

恋人のスエレン・オハラが見るからにしょげかえっているというのに、フランク・ケネディは緑色の瞳の娘にせっせと料理を運んでいた――つまらない雑用はウィルクス家の使用人にまかせればいいだろうに。そのうちフランクは、あの娘の前にひざまずいたりまでするのではなかろうか。

ウィルクスがレットの視線を追って言った。「あれはスカーレット・オハラですよ。美人でしょう？」

「スカーレット」レットはその名を舌の上でじっくりと味わうように繰り返した。

「ええ、きれいな女性だ」

「ただ、我らがスカーレットは、いわゆる〝男泣かせ〟でしてね」

「彼女を理解できる男とまだ出会っていないんでしょう」

ウィルクスはレットの熱のこもった口調を誤解したか、眉を寄せた。「若い女性は、同じ年ごろの異性や舞踏会のことだけを考えていればいいんですよ。スカーレットのあのかわいい頭が戦争や軍隊や政治のことで悩まされるほうが望ましいとでも？」

「いや、そんなことで悩まずにすむことを心から祈ってますよ」レットは答えた。

「美や天真爛漫さよりも始末に悪い美徳はほかにもありますし」

「じつは息子のアシュレーは軍に志願したんです」ウィルクスは脚を組んで座っている、ほっそりとした体つきの若い男を指さした。隣の女性は婚約者だろう。アシュレー・ウィルクスは父親によく似ていた。長身、灰色の目、金色の髪。貴族的な、自信に満ちた気品も同じように備わっていた。彼の婚約者は、何かふたりだけの冗談に優しげに笑った。

　ウィルクスは、レットが通りすがりの人間だからこそだろう、胸のうちを率直に語った。「知人の何人かは——影響力も、先見の明もある方々ばかりですが——子息をヨーロッパに、そう、避難させています」

「ミスター・ウィルクス。我々には優れた決断をする余地はもう残されていません。困難な決断しかできないのです」

　ウィルクスは深々とため息をついた。「そうですね、たぶんおっしゃるとおりなんでしょう」そこでふいにパーティのホスト役に戻った。「失礼しますよ。タールトン家の双子がブランデーの大樽のそばにちょっとばかり長くいすぎたようですから」

　ミス・スカーレット・オハラは浮ついた言葉を口にしたり、賞賛の言葉にいちいち慎ましやかに耳を傾けたり、大げさなお世辞を返したりしていたが、ときおりうつむいたふりをしてちらりと視線を投げている……息子のほうのウィルクスに？　そう、そのようだ。レットの目は彼女の視線の行き先を見逃さなかった。

取り巻きのひとりの耳もとで何事かささやくときも、スカーレットは相手の肩越しにウィルクスを見ている。スカーレットとまたしても目が合ったとき、レットは声をあげて笑った。状況が読めたからだ。そう、何もかもわかった。男泣かせだというあの娘は、自分に熱を上げる男たちを利用してアシュレー・ウィルクスに嫉妬させようと目論んでいるのだ。ウィルクスの気を引くために、手近な男たちを端からたぶらかしているのだ——フランク・ケネディのように、当人たちの願望には反して、嫉妬に足るような魅力を備えていない男たちまで含めて。男の気を引いておいて非情に切り捨てるあの娘は、欲しかった賞品がほかの女性の手に渡ったために、悲嘆に暮れている。おお、なんと哀れで、美しく、薄幸なお嬢さんだろう！

レットの笑い声を聞いたスカーレット・オハラは、髪の生え際まで赤く染めると、取り巻きたちが作る砦《とりで》に逃げこんだ。

それは必然だった。誰もが意識的に避けようとしていた話題を、どこかの考えなしがついに持ち出してしまった。〝サムター要塞〟という禁句が発せられるや、春の午後の浮世離れしたけだるい空気はたちまち夢のごとくかき消えた。

「ヤンキーくらい、一月《ひとつき》もあればやっつけられる」誰かが勇ましく断言した。

「いや、三週間で充分だ」

「ちくしょうめ――おっと、汚い言葉を使って失礼、レディのみなさん――やつらには戦う度胸なんかないさ」

「南部の男なら誰だって、ひとりで四人の北部人を倒せるだろう」

「連中が勝負したいっていうなら、受けて立とうじゃないか」

よぼよぼの老人が支離滅裂なことを叫びながら、ステッキを振り回した。酒のせいか、興奮したせいか、あるいはその両方のせいか、誰の顔も真っ赤に染まっていた。

意見を求められたウィルクス青年は、必要ならばもちろん自分は戦うが、戦争は悲劇を招くだろうと言った。

あの比類なき美しさを持った娘は、彼女の英雄にうっとりとみとれている。

「ところであなたは」とウィルクスがレットに話を向けた。「父に聞きましたよ。かつては同胞だった北部の人々と過ごした経験がおありだそうですね」

そこでレット・バトラーは、決して口にするまいと自分に誓っていたことを一から十まで話すことになった。言ったところで無意味であり、耳の聞こえない者に話すに等しいとわかってはいたのだが。

「私は自分の良心にのみ従うつもりです。私が大切に思っているものを壊してしまうだけの戦争に加わるつもりはありません」

「自分の国のために戦う気はないというのか」信じられないと言わんばかりの怒声が轟いた。ほかの若者たちがよそ者を取り囲む。女王の騎士たちが謀反の気配を察知して立ち上がった。

えい、くそ、乗りかかった船だ……。

のみこみの悪い生徒を諭す教師のごとく、レットは〝ヤンキーの国〟の様子を話して聞かせた。向こうには巨大な製粉所や活気に満ちた工場が建ち並んでいる。北部には、南部が持たない富がある。カリフォルニアには金が、ネバダには銀がある。また、英国やフランスが南部同盟を国家として承認しない理由もつまびらかに説明した。

「紳士諸君。今回は独立戦争のときとは事情が違います。フランスの援護は望めません」

レットを取り囲んだ若者たちの輪がさらにせばまった。笑みを浮かべている者はひとりもいない。嵐の前の静けさといった空気が場を支配していた。

「私はみなさんがごらんになっていないものを見てきました。北部には、喜んで北部のために戦うであろう何万もの移民がいます。工場に鋳造場、造船所、鉄鉱、炭鉱もある。だが、南部には何もない。南部が持っているのは、綿花と奴隷と傲慢さだけではありませんか。北部に分があるのは明らかです」

そこで頭文字のついた麻のハンカチを取り出すと、レットは袖についた埃を払った。

虫の羽音が聞こえている。どこかで使用人が皿を取り落とす音がし、しっと叱る声が続いた。

泰然自若とした態度の陰で、レット・バトラーは自分を嗤《わら》っていた。口を閉じておくつもりでいたのに、見ろ、全員の気分を害してまったぞ。あの娘のせいで口が軽くなり、小利口な男子生徒みたいな振る舞いをした。レットはジョン・ウィルクスのほうを向いた。「ミスター・ウィルクス。図書室の件ですが。いかがでしょう、いまから見せていただけませんか」

ウィルクスは客一同を見回して言った。「ちょっと失礼させていただきます。ついさっき、私が南部同盟の先行きについて率直な意見を求めたので、ミスター・バトラーはこうして説明してくださったのです」ウィルクスは軽く微笑んだ。「まあ、いささか率直すぎるきらいはあったかもしれませんが。異論のある方は、どうか私におっしゃってください……」そう言って、警告するように指を一本立ててみせた。「直接おっしゃってくださるようお願いしますよ」ウィルクスはレットのほうを振り向いた。「図書室でしたね。クレイトン郡一充実した蔵書を自負しています」

図書室は天井の高い部屋だった。奥行きは十メートルほどあるだろうか。壁という壁に書物がずらりと並べられ、窓やドアの上にさえ本棚が造りつけられていた。

ウィルクスは気のない様子で説明した。「この辺には伝記と歴史の本をまとめてあります。そこの椅子の向こうの棚は小説。ディケンズやサッカレー、スコットなどですね。ほかのみなさんもそろそろ一休みするころでしょう。夜のダンスに備えて。うちのバイオリン弾きはこの地方でも有名でしてね。どうか演奏を楽しんでいらしてください」

「残念です。十時の列車に乗らなくてはなりませんので」

「そうでしたか」ウィルクスは鼻の脇に指を当て、しばしレットを見つめた。もっと話したいことがあったのかもしれないが、結局こう言うだけに留めた。「美や天真爛漫さよりも始末の悪いが美徳があるとしたら、率直すぎることもそのひとつでしょうね。さてと、私は客人のところに戻らねばなりません。みなさんの怒りを鎮めなければ」

壁が厚くて天井が高いせいか、図書室は涼しかった。レット・バトラーはふいに疲労を感じた。高い背もたれのついた長椅子に横になって目を閉じる。

女たち。これまで関わりを持った女たち。ディディはいつも、彼の皿からフォークでひとすくい料理を取った。彼が眠っていると思って、財布をあらためていた。思わず口もとがゆるんだ。そんなことはもう何年も忘れていた。スカーレット・オハラ……。

レットはうとうとした。断片的な夢をいくつも見た。やがて眠りの霧の向こうから、人の声が聞こえてきた。

「話って？　何か秘密でも打ち明けるつもりかい」

女の声が意を決したように宣言した。「そう――秘密よ――私、あなたを愛してるの」

男の声が応える。「あなたは今日この家にいた全男性の心をさらった。それでは満足できないのかい？　ひとりだけ取りこぼすのは心残りだとでも？　なら言うが、僕の心は昔からずっときみの所有物みたいなものだった。きみはほんの子どものころから人の心を奪うのが得意だったろう」

当惑しながらも、レットは眠りの底から懸命に泳いで水面を目指した。やっと目が開いた。頬は革のクッションに張りつき、口は砂漠のように乾ききっていた。夢のなかで聞こえていた話し声は飽くことなく続いている。

「アシュレー――アシュレー――言ってください――はっきり言っていただきたいの――お願いだから焦らさないで！　あなたの心はほんとに私のものなの？　アシュレー、私はあなたを愛――」

アシュレー？　アシュレーとはいったい何者だ？　そもそも、ここはどこだろう？　レットの思考は港を探す船のようにさまよった。サムター要塞。フランク・ケネディの綿花。片田舎の何やら気取った大農園。図書室。スカーレット？　スカーレットというのは誰だ？　レットは眉根を寄せた。頬は相変わらず革のクッションに張りついたままだ。

誰かが――アシュレーか？――言った。「だめだ、そんなことを言ってはいけないよ、スカーレット！」

ああ、あのスカーレットか。一瞬にして目が覚めた。きまじめで抑揚を欠いた声が繰り返す。「そんなことを言ってはいけない。それはきみの本心ではない。そんなことを言えば、きみはいつか自分を憎むようになる。そしてそれを聞いてしまった僕をも憎むだろう」

崇拝の視線をせっせと送った甲斐はなかったようだな、ミス・スカーレット。レットは右側を下にして寝ていたが、懐中時計が腰骨に食いこんで、脚が痺れていた。せめて乗馬用長靴を脱いでおけばよかった。善良な男なら、ここで跳ね起きて謝るだろう。何も聞かなかったと恋人たちを安心させ、さっさとここを出ていくことだろう。だが幸いなことに、レット・バトラーは善良な男ではなかった。

スカーレットの声が聞こえた。「あなたを憎むなんてありえないわ。あなたを愛してるんだもの。あなただって私を愛してくださってるんでしょう。だって……アシュレー、愛してるのよね——私を愛してくださってるのよね」

「ああ、愛してる」

気のない言いようだな、お若いの——レットは心のなかで野次を飛ばした。革のクッションからようやく頬を引きはがし、その痛みに顔をしかめた。

「スカーレット、みんなのところに戻ろう。そして、こんな話をしたことは忘れてしまおう」ウィルクス青年は長いことためらっている様子だったが、ついに話の核心に触れた。「結婚生活を維持していくには、愛だけでは足りないんだよ。きみと僕のように性格がかけ離れてると……」

なるほど、アイルランド移民の娘と、貴族気取りの男か。彼女は遊び相手にはいいが、結婚相手にはふさわしくないというわけだ。

ウィルクスが続ける。「スカーレット、きみは男のすべてを——肉体も、心も、魂も、思想も、自分のものにせずには気がすまない人だ。そのひとつでも手に入らなかったら、きみは不満を抱くだろう。そして、僕はあなたの心や魂までも手に入れたいとは思っていない。そのこともきみを傷つけるに違いない……」

でかしたぞ、それでこそ真の紳士だ。冒険せずにいれば、何も失わずにすむものな。

ウィルクスとスカーレットは伝統的なフィナーレを迎えた。スカーレットがアシュレーの頬を叩き、叩かれたアシュレーは貴族的な顎を上げ、威厳までは無理だったにしても、少なくとも名誉は守りぬいて、足音高く図書室を出ていった。

レットはスカーレットもいなくなるまで隠れているつもりだったが、笑いをこらえきれそうになかった。まもなくスカーレットが手近な陶器を暖炉に投げつけ、飛び散った破片がレットが横になっている長椅子に降り注いだ。それをきっかけにレットはむっくりと起き上がると、寝ていたせいで乱れた髪を手で梳かしつけながら言った。「あんな密談を有無を言わさず聞かされて昼寝を邪魔されただけでも迷惑なのに、なぜ命まで危険にさらされなくてはならないのかな」

スカーレットが息を吞む。「そこにいらっしゃったなら、もっと早く知らせてくださるべきでした」

「たしかにそうだ。しかし、侵入者はきみたちのほうだよ」レットはスカーレットに微笑んだ。彼女の目がきらめくのを見たかったからだ。望んだとおりの反応を得て、レットは含み笑いをした。

「他人《ひと》の話を盗み聞きするなんて……」スカーレットが非難の言葉を並べようと

した。

　レットはにやりとした。「盗み聞きはなかなか楽しい場合が多いし、そこから有益なことを学べる場合も多いんですよ」

「あなたは紳士なんかじゃないわ」スカーレットは言い捨てた。

「まさにそのとおりです。ちなみに、お嬢さん、あなたも淑女などではない」スカーレットの緑色の瞳のきらめき。気に入った。この娘は、彼のことも平手打ちするだろうか。人生とは驚きの連続だと思い、レットはまたしても声をあげて笑った。「たったいま、私が聞いたようなことを言ったりしたりしたあとでは、どんなご婦人も淑女ではいられないでしょうな。だが、私は淑女を魅力的だと思ったことはほとんどない。何を考えているかは察しがつきますがね、いわゆる淑女は、それを口に出す勇気を持ち合わせていないし、育ちがよすぎて正直な気持ちを表に出すこともできない。しかしあなたは――親愛なるミス・オハラ、あなたはまれに見る度胸の持ち主だ。じつに見上げた度胸です。脱帽しますよ」

　彼の笑い声に追われ、スカーレットは逃げるように図書室を出ていった。

解説――アメリカ南部の男の物語

東 理夫

本書『レット・バトラー』は、ドナルド・マッケイグの長編小説『Rhett Butler's People』(St. Martin's Press 2007)の全訳の第一巻である。マーガレット・ミッチェルの名作『風と共に去りぬ』の新編として、主人公スカーレット・オハラの夫であったレット・バトラーを中心に据えた物語だ。

アメリカという国の正体がよくわからない、と友人や知り合いが口を揃える。そういうぼく自身もどれくらいわかっているのか、いささか心もとない。あの国は強引なところがあるかと思えば、ごく繊細なところもあり、質素で清廉で真摯なところがある反面、酒や麻薬があふれ、銃を手放せず、暴力の連鎖が目に余る部分もある。

ぼくたちは本当のアメリカを知らない。と南部を舞台にした本や映画を読んだり見たりするたびに切実に思う。敗戦後、進駐軍としてやってきたアメリカは、実は南北戦争で勝った北部のアメリカだった。そしてそれだけがアメリカではない。

アメリカという新大陸に移住した人は大勢いる。初めにやってきたのが、北のアメリカを作り出した清教徒たちであり、二番目が南のヴァージニアに入植した人たちだった。そしてアメリカ史の中であまり表に出てこないのが、この南部の人びとだろう。

アメリカ南部を描いた小説は数多い。それらは北部の都市の物語にはない、のびのびとして自由と自然と人の持つ躍動感の魅惑に満ちている。それぞれの魅力に溢れてはいるものの、代表する一冊となったらやはり聖書に告ぐベストセラーといわれるマーガレット・ミッチェルの『風と共に去りぬ』だろう。一九三七年に発表されたこの南北戦争前後のアメリカ南部を舞台にした国民的小説は、世界中の読者――アメリカ南部というものをよく知らない日本の多くの読者さえをも惹きつけた。

アメリカ南部をよく知らない日本人――そうなのだ。ぼくらはアメリカ南部がどういう人間によって、どのようにして作り上げられたのかをよく知らない。たとえば、映画「風と共に去りぬ」の冒頭の文章である。一九三九年に公開され、多数のアカデミー賞を授与されたこの映画の開巻、序章からクレジット・ロールが終わって、南部の歌「ディキシー」が流れ、牛を追う奴隷たちのシルエットをバックにこんな文章があらわれる。

There was a land of Cavaliers and Cotton Fields called the Old South. Here in this pretty world, Gallantry took its last bow. Here was the last ever to be seen of Knights and their Ladies Fair, of Master and of Slave. Look for it only in books, for it is no more than a dream remembered, a Civilization gone with the wind…

これは映画の核心部分を表現したものだが、字幕ではこうなっている。

かつて〝古き良き南部〟と呼ばれる地があった。誇り高き騎士道が息づき、綿花畑の広がる大地。雄々しき勇者や美しき淑女――支配者や奴隷はこの地を最後に消え、今や遠い夢でしかない華やかな時代は風と共に去ったのだ。（松浦美奈訳）

この訳では文章の真意がわかりにくい。もっとも字幕という制約上、言葉のひとつひとつを訳すことは無理なことは承知している。その上でも、ここにあらわれる少なくとも四個の言葉は、正確に知っておく必要があるだろうと思うのだ。でないと南部という土地に対する認識があいまいになってしまう。

まず〈Cavaliers〉キャバリエとは、英国王党派のことであり、〈Knights〉ナイトは男性自身やその行動を美化する「騎士」の意味ではなく、身分上の騎士階級のことだ。〈Master〉とは奴隷の所有者、〈Civilization〉は文明、この場合はとくに南部の文明を意味している。すなわちここに語られているのは、南部の高貴な伝統が消えうせていく、と語っているのである。

アメリカ東海岸に恒久的な植民地を作り、移民を呼び寄せ、それまでインディアンと呼ばれていたネイティヴ・アメリカンしか住まなかったこの新天地にイギリス系白人社会を最初に作り出したのは、一六二〇年にニューイングランド地方、今のボストンの南にあるプリマスにやってきた清教徒、ピューリタンだった。彼らは、腐敗したローマ・カトリックにプロテストして新しいキリスト教、プロテスタントを作った英国国教会が、まだカトリック寄りだと、もっとピュアなキリスト教を求めた面々だ。彼らは自分たちの宗教の自由を求めてやってきた。

彼らは確かにイギリス本国では国教会に迫害されはしたが、間もなく清教徒革命を起こして天下を取り、時の国王チャールズ一世を支持していた王党派は逆に迫害される立場になってヨーロッパやアメリカへと逃げていく。清教徒たちから遅れること二〇年ほど、彼らはニューイングランドより南部のヴァージニアに入植する。キャバリエと呼ばれる彼ら王党派は、イギリス文化再興を目指し、騎士道精神溢れる社会を作る。もともと英国身分制度の上位にいた彼らは、自分たちのために働いてくれる労働者を必要とした。その最初がイギリスからの下層階級の年季奉公人、後にアフリカからの黒人奴隷がそれだ。

彼らの入植した土地は豊かで、タバコ、綿花、砂糖といった大規模農業に向き、労働階級を使って栽培したそれら農作物をイギリスやヨーロッパへと輸出することで、彼らはますます裕福になっていく。一方、ニューイングランド地方に入植した清教徒たちは地味や気候に恵まれず、農作物はせいぜいが自給自足程度。とても輸出できず、そこで商売や機械生産に力を入れることになり、イギリスからのすぐれた機械製品が入ってくると打撃を受けることになる。となると片や貿易振興派、片や保護貿易派でお互い相容れない。

宗教上、政治上の仇敵であり、輸出問題にまつわる利害が相反し、奴隷制度に関連する労働力や人道的な問題、また出身地での身分格差などがあいまって、やがて争いは決定的になり、ついに南北は争うことになる。一八六一年にはじまり、南北あわせて第二次大戦より三十万人以上多い、六十一万人の戦死者を出したこのアメリカの悲劇の内戦の前後を舞台にしたのが、「風と共に去りぬ」である。そこには南部王党派と彼らの愛したイギリス文明、騎士道精神の終焉が、そしてその南部を心に抱いた一人の女性の生きようが描かれていた。その主人公、スカーレットを愛した騎士の一人であるレット・バトラーの物語が本書だ。

マーガレット・ミッチェルは、「風と共に去りぬ」は完結した物語として、いくら勧められても続編を書く気はなかった。彼女の死後、その著作権は夫や兄、二人の甥へと継承されていった。彼ら相続人は、「風と共に去りぬ」の著作権利が失効する二〇一一年から後には、どんな人間が続編を執筆するかわからず、それも俗悪なものになるかもしれないという危惧から、自ら続編執筆者を探すことにした。その結果が一九九一年に刊行された、アレグサンドラ・リプリーの『スカーレット』（新潮社刊／森瑤子訳）である。

他にも、エマ・テナントやパット・コンロイといった作家が続編を執筆したが、相続人の眼鏡には適わなかった。ついに南北戦争時代のヴァージニアを描いた小説『Jacob's Ladder』で高い評価を受けているドナルド・マッケイグに白羽の矢が当たり、ここに本書が誕生したのだった。

マッケイグは、一九四〇年モンタナ州ビュートに生まれ、大学院を経て、デトロイトやカナダの大学で哲学を教える。その後、コピーライターとしてニューヨークの広告代理店に勤めた後、ヴァージニアに移り住んで農業を営むが、この時期に南部ヴァージニア州の歴史に興味を持つ。やがて執筆活動に入り、一九八四年に発表した『名犬ノップ（Nop's Trails）』がベストセラーになり、作家生活に専念するようになった。

南北戦争は、アメリカにとって大きな傷であった。その時代に生きた人びとばかりでなく、現在のアメリカにも大きな影を落としている。あまり知られることのないそのアメリカが本書『レット・バトラー』にはあり、それが本作品を味わい深くさせているのである。

西暦	南北戦争前後のアメリカ	登場人物たちの動き
一八二八		レット生まれる
一八三一	ナット・ターナーの乱	
一八三九	奴隷制廃止を目指す「自由党（Liberty Party）」が結党される	
一八四〇		ローズマリー生まれる キャスカート入校 アンドリュー、ヘンリー、エドガーと知り合う
一八四四		ローカントリーを離れ、ウエストポイント入校
一八四六	メキシコ戦争	
一八四七		ウエストポイント放校
一八四九		シャドと決闘、ローカントリーを去る
一八五四	カンザス・ネブラスカ法制定さる	
一八五八	共和党のA・リンカーン、イリノイ州で連邦上院の議席を民主党S・ダグラスと争う	ローズマリーとジョンが結婚、レットからお祝いが届く アンドリューとシャーロットが結婚
一八五九	ジョン・ブラウン、合衆国連邦の兵器廠ハーパースフェリーを襲う	
一八六〇	チャールストンで民主党大会。北部議員と南部議員に分裂。 年末の大統領選挙で共和党のA・リンカーン当選	
一八六一	サウスカロライナの州軍と武装民、サムター要塞を砲撃 南北戦争始まる 第一次マナサスの戦いで北軍敗北 ベルモントの戦い U・S・グラントの北軍部隊に多数戦死者	レットとローズマリーが再会 レット、スカーレットと出会う メラニーとアシュレーが結婚 スカーレットとチャールズが結婚 アシュレーが戦地へ チャールズが戦病死

新編・風と共に去りぬ　レット・バトラー①

2008年7月10日　初版第1刷発行

著　者　ドナルド・マッケイグ
監　訳　池田真紀子
翻訳協力　株式会社トランネット
富原まさ江　金井真弓　野村有美子　草鹿佐恵子　西川久美子
三幣真理　布施雅子　根岸志乃　田中淳子

発行者　斎藤広達

発行・発売　ゴマブックス株式会社
〒107-0052　東京都港区赤坂1-9-3
日本自転車会館3号館　電話 03-5114-5050
http://www.goma-books.com/

印刷・製本　株式会社暁印刷

フォーマット 泉沢光雄　本文・デザイン 坂川栄治　カバー・デザイン 小口翔平(FUKUDA DESIGN)

Goma

落丁・乱丁本は当社にてお取替えいたします。定価はカバーに表示されています。

ISBN978-4-7771-5065-6